O

奇异的宇宙
The Unexpected Universe

Loren Eiseley

[美] 洛伦·艾斯利 著

傅贺 译

薛斯予 插画

湖南科学技术出版社
·长沙·

献　词

献给沃尔夫：
逝者长已矣。
但他心里埋葬着，
冰河期的骨骼，
这是爱他的人留下的，
最后的礼物。

目 录

第一章　幽灵大陆　　　　　　　　　　　1

第二章　奇异的宇宙　　　　　　　　　　26

第三章　隐藏的教师　　　　　　　　　　50

第四章　掷海星的人　　　　　　　　　　70

第五章　愤怒的冬天　　　　　　　　　　97

第六章　金色字母表　　　　　　　　　　125

第七章　隐形的岛屿　　　　　　　　　　154

第八章　内心的星系　　　　　　　　　　181

第九章　天真的狐狸　　　　　　　　　　203

第十章　最后的尼安德特人　　　　　　　224

作者致谢　　　　　　　　　　　　　　　247

题 记

这个宇宙，不仅比我们已经想象到的更为奇怪，甚至比我们能够想象到的还要奇怪。

——J. B. S. 霍尔丹

没有期待，就不会发现意外，因为意外并不容易被发现。

——赫拉克利特

第一章
幽灵大陆

这些狂风，不知从哪儿来，也不知往哪儿去；

那些出海的人，比狂风还要疯狂。

——罗伯特·伯顿

每个人的内心深处，都有一块幽灵大陆——我们小心翼翼地绕它而行，就像两百多年前詹姆斯·库克船长小心翼翼地绕着南极大陆而行那样。如果这人同时还是一个科学家，他就会从内心的浮冰里辨认出各种奇怪的形状，却因为担心被嘲笑而不敢与同伴分享这些发现。要开始这样一份私人记录，可能最好是从传说和科学史里那些奥德修斯式的历险开始。这些历险自有其魔力，也许能为观察者在大事件边缘迷失的小故事提供一些辩护。在此声明，我自己没有做出任何新的发现。我唯一掌握的材料，是一连串的科学史实。在内心世界里，它们变形了——多年之前，有人向奥德修斯轻声诉说过同样的内容。

和奥德修斯一样，我们每个人都在寻找自己的精神家园，但又不得其门而入。在跋涉的过程中，曾经遭遇过的怪兽，又会幻化成新的形象，而且伪装得更加老练——这些怪兽之所以不朽，是因为人还活着，而且，正是我们自己把它们召唤了出来。虽然奥德修斯的传奇故事已有三千多年的历史，但今天再看，我们依然会被触动。文学有一种经久不衰的新鲜感，在每一代人身上焕发新生。奥德修斯的这段旅程，不止是要克服魔法幻化出的各种艰难险阻，或者躲避独眼巨人的袭击。事实上，这个旅程既是向内的省察反思，也是向外的积极探索。在我们这个时代，两种旅程都在逼近极限。探索太空的渴望已经驱使我们离开地球。就在1968年12月25日，在詹姆斯·库克船长首次驶入太平洋整整两百年之后，三位美国宇航员从月球返回了地面。从第一个猿人捡起石头当工具算起来，两百多万年过去了。

　　尽管如此，人类在宗教和哲学沉思中意识到，在这个漫长的旅途中，技术的进步常常与人类对灵魂宁静的渴望相冲突。因此，现代科学的发展历程里既有巨大的成就，也不乏孤独与恐怖。从西方文明伊始，奥德修斯穿越被魔法诅咒过的地中海东部水域的旅程，象征了人类在寻找家园的过程中因宇宙与人性遭受的折磨。

　　今天，在焦躁不安的氛围里，奥德修斯经历过的所有的

奇异的宇宙

心理因素都更显夸张：对成就的强烈渴望，对技术机巧的追求（刺瞎独眼巨人事件体现了它的雏形），对摄人心神的莲花岛的断然拒绝，以及人与人之间的暴力冲突。然而，耐人寻味的是，奥德修斯却在绝望中呼号，"对人来说，没有什么比漂泊不定更难以忍受了"。

现在，眼看着一个国家被一群非理性的激进主义者鼓动，拒绝了解历史，同时也拒绝人道的、可辨的未来——当代的思想者也完全可能说出奥德修斯的这番话。我们的社会，对自己的目的茫然无从，私下里却渴望回归桃花源。现在，对无涯之知的渴求，与对尘世宁静生活的追寻，正面发生了冲突，我们无处可逃。知识，起码是 20 世纪我们所理解的知识，并没有带来幸福。

毫无疑问，我们是有史以来时间观念最强的一代人。有了照相机、电视、考古发现、碳十四断代法、花粉计数、水下研究、磁强计读数，我们可以复原逝去的城市，精确断代地层的演替。每年的圣诞节前后，来自冰河时期的拉斯科洞窟壁画[1]，都会与伦勃朗[2]的作品一道，摆上我们的咖啡桌。

1　拉斯科洞窟壁画，由 1.7 万年前的原始人涂抹在法国西南部多尔多涅省附近"拉斯科"岩洞内壁上，是旧石器时期岩画的代表之一，在美术史上占有重要地位。——编者注

2　伦勃朗，指伦勃朗·哈尔曼松·凡·莱因（1606—1669），是欧洲 17 世纪最伟大的画家之一，也是荷兰历史上最伟大的画家。——编者注

在客厅电视机的屏幕上，庞贝古城与奇琴伊察联袂出场。我们发掘出难以辨认的灵长类祖先的遗迹，在电影《2001：太空漫游》里，一节骨头被抛到天上，然后变成了在星际航行的宇宙飞船——这个瞬间浓缩了人类的技术进步史。我们预期大多数观众能理解其中的象征意义。也许有人想当然地认为，这样一种文明，对过去一定怀有深深的敬意。

奇怪的是，事实恰恰相反。我们似乎生活在一个碎片化的、无意义的马赛克拼图里。从猿类的头骨，到玛雅的金字塔，我们像观光客那样，目睹着时间的各种碎屑。这些伟大的残骸、废弃的道路和沉没的桨帆船，对当下的我们似乎再无启示。

在广场和校园，少数极端分子在制造骚乱，他们心里只有现在，只有当下，无论这个"当下"多么荒谬、失格或者微不足道。这样一种激进主义，蓄意拒绝历史，决意开辟崭新的生活——没错，他们拒绝的正是为芸芸众生提供了食物、衣着并维系了我们生活的一整套社会习俗。

一代人似乎都被蛊惑，渴望过上一种没有历史包袱的高贵的野蛮人的生活，正像18世纪法国的哲人和他们的追随者们所经历过的那样。他们像是毒瘾发作的人，躁动不息，这不仅把他们自己局限在了一个越来越混乱的当下——由于蓄意斩断历史联系，他们同时也摧毁了传统的思想、观念和价值。然而，只有借助传统，我们才能理性地思考未来。

因此，他们的世界变得越来越动荡，越来越难以预料。原因很简单，失去了对传统的信任，人注定也要失去使人成为理性动物的基本条件。因为人类的历史，简单来说，就是用文化传统和千辛万苦取得的思想进步，逐渐取代本能的过程。前事不忘，后事之师，历史为我们走向未来提供了相当可靠的教益。莽莽撞撞地冲向未来，同时对已经被人类弄得愈发复杂的未来毫无盘算，便是彻底地、虚无地拒绝了历史（包括古典世界）给予的教益。

从特洛伊战争结束，到再次踏上他在伊萨卡的领地，奥德修斯这次曲折的返乡之旅历时 10 年。这位与海洋搏斗了无数次的旅行人，在被囚禁起来的时候一度自称是"无名之辈"。这似乎暗示了人类的旅程永无终点。由于海神波塞冬诅咒了这次旅行，他遭遇过海难，碰到过怪兽，逃脱了女妖的迷惑。用卡赞扎基斯的话说，他身体里似乎拥有一张"心灵的风向图"。

不过，奥德修斯，像航海家库克和科学家达尔文一样，精明、自立、有韧劲。即使身陷魔法岛，他依然富有远见，但他无法拯救所有的同伴。这些同伴经常给奥德修斯惹来麻烦，因为他们只顾眼前。比如嗅到了宝藏的味道，他们便在错误的时刻打开了风袋，惹得海风都吹向他们的船只。像普

罗大众一样，他们没有品格、反复无常，只追求片刻的梦幻泡影般的满足。用荷马的话说，"他们和那些吃了忘忧果的人一样，醉生梦死、乐不思蜀，忘了回家的路"。

与此相反，令人畏惧的魔女基尔克，曾冷冷地对奥德修斯说："你有一个不会被魔法欺骗的头脑。"不过，这句评论却有双重含义。表面上，这是说他小心谨慎，正如思想者会对彼此所说的那样。这暗示了希腊思想中即将出现的那种聪慧，时至今日，我们会称之为科学方法。不过，在这句恭维之下，还有一丝隐隐的警告。因为这个不会被魔法迷惑的人，在一种更黑暗的巫术的帮助下，最后才从塞壬女妖的岛

　　　　　　　　　　　　　　　　　　奇异的宇宙

上艰难地逃脱，结果独自在岸边伤心寂寞。塞壬女妖向他轻声吟唱所有的知识，而她们身旁就是他同伴的尸骨。如果说，凡人的愚昧在于贪图眼前和感官享受，那么，人类心智的危险就在于对于权能（power）的贪得无厌。荷马远比现代人更明白人类的这个野心，希腊人称之为骄傲自大（hubris），这是对诸神的僭越。

一位古代的地理学家，曾半开玩笑地说道："当你找到那个缝补风袋子的鞋匠的时候，你也就走遍了奥德修斯漂泊过的地方。"真是千真万确。不过，倘若人也是被造出来的鞋子，那这位鞋匠不也是神龙见首不见尾吗？而且，进一步说，每个人的生活里不都是涌动着梦想和冲动吗？它们被鞋匠囚禁在皮肤之下，但一不小心还是会释放出来。虽然在人类向内心或向外界探索的过程中有各种变幻莫测的因素，但是，3 000年前的航海者就已经开始科学地观察星象了。荷马本人，对海上航行的引导星系了如指掌。从《奥德赛》里，我们知道，大熊星座在地中海的夜空上周转，从来不会落到海平面以下。

现在，如果有人转而观察18、19世纪科学史里奥德修斯式的旅程，他可能会意外地发现，自己来到了一片黑暗多雾的土地，仿佛是辛梅里安人的故乡，同时又像是来到了时间的缝隙，目睹着生命在演化之路上大步后退，与曾经的自己对质。进行这样的观察，就像失去了海航图的奥德修斯，无处追查，惊奇不断。

2

关于库克船长，有人曾评论道，没有哪个探险者比他在起草关于自己的声明时更为克制了。不过，在所有伟大的航海者里，没有人比他在近岸测绘中冒过更多的险，也没有人比他航行得更远，或者带着更为隐秘的命令行事。他本领高强、独来独往、富于领袖才干，他忍受了随行科学家的傲慢，也忍受了心怀鬼胎的土著和航行中难以下咽的食物。

他这个人，不大在乎外界的际遇。他前后在太平洋上航行了 10 年，就像奥德修斯从特洛伊的返乡之旅，这同样需要足智多谋和坚韧不拔。就像奥德修斯，他同样力行克制；遇到险情，他也会随机应变。不过，他不像奥德修斯那样有复仇的图谋。他预见到了澳大利亚有朝一日会被西方人定居，于是吸引了当权者的目光，促成了它的实现。他游历的范围是如此之广，他到访并探索的太平洋群岛是如此吸引人，以至于我们几乎忘记了他最伟大的成就——环南极洲的航行，以及他在此行中遭遇的风暴与黑暗。

今天的人们，如果要了解未来可能发生什么灾难，往往会转向科学。对我们凡人而言，恐怕也没有更高的奢望了。不过，在荷马的时代，人们相信能借助亡灵获得这些信息。在魔女基尔克的敦促之下，奥德修斯来到了世界尽头，这是薄雾笼罩的冥界，是亡灵聚居之地：

> 雾气笼罩，人迹罕至，
> 即使是赫利俄斯，光芒万丈的太阳神，也无法穿透这里的黑暗……
> 沉闷的长夜，亘古如斯。

正是在这里，死去的塞班人特瑞西阿斯，预言了奥德修斯旅程的终点，"死亡将从海上平静地降临，让你在安宁之中享受高龄，了却残年，你的人民也会享受福祉"。

时至今日，人们再谈起库克船长，这位把太平洋带入了科学探索视野的人，往往会把他跟波利尼西亚的忘忧莲花群岛联系起来。不过，事实上，像奥德修斯一样，他被委派的任务更为艰巨。当年的海上航行，像今天的太空探索一样艰险。单就携带的装备而言，库克要穿越未知的海域，可能比今天的太空探索更加危险。1768 年，他接到命令，表面上说是去太平洋的大溪地观察金星的轨迹，等抵达了目的地，打开了密封的指令，他才读到：

有理由猜想，在之前的航海家行驶过的路线再往南……可能有一个新大陆……你的任务是向南航行，发现这块新大陆……

人们是从什么时候开始猜想到南方有一块未知的大陆，而且假定上面草木青葱、人丁兴旺，惹得贵族惦念那里的物产和生活？自托勒密[3]的时代以降，几个世纪里的地图上都漂浮着一块大陆，标记着"隐匿的大陆"。虽然相信存在这块大陆的人越来越少，但是，16世纪有人瞥到了一些岛屿，这又激起了地理学者的希望。人们幻想，在南美洲的南方或西南方，有一块富饶宜居的大陆。在18世纪的航海图里，这块大陆的位置飘忽不定，就像梅尔维尔笔下的白鲸，出现在多条经线上。

到了18世纪末，也就是库克船长的时代，有一位雄心勃勃的学者兼商人，热心于阅读早期航海家的传记。他就是亚历山大·达尔林普尔（Alexander Dalrymple）。他开始相信，幽灵大陆的确存在。达尔林普尔认为，这个巨大的陆地对于地球的平衡必不可少，而且推断它上面的人口超过百万。达尔林普尔希望亲自率队远征，与那里建立贸易关系。

---

3 托勒密，指克罗狄斯·托勒密（约90年—168年），希腊数学家、天文学家、地理学家。——编者注

不过，由于库克是当时的海军指挥官，而且有丰富的绘图与沿海航行经验，最终，达尔林普尔落选了，库克赢得了皇室的青睐。达尔林普尔恼羞成怒，在库克结束了第一次出海航行（1768—1771）之后，愤愤地说："要是我去，答案早就揭晓了。"在漫长的海上航行之后，库克船长说："我不相信果真有这块大陆，除非它在高纬度地带（事实上，他还真说中了）。"不过，达尔林普尔成功地制造出了这种疑虑与困惑，海军部决定进行第二次远征，而且再次选择了库克。这一次，他在不同的纬度徘徊，试图寻找这块幽灵大陆。

南极洲是另一个世界。库克船长并没有发现一个生机盎然的新大陆，像奥德修斯一样，他发现了一块阴暗如辛梅里安的陆地。在船的桅杆和绳索上，结出了巨大的冰锥。冰块"各式各样，鬼斧神工，地球上所有的形象在那里都能看到"。随船出行的一只母猪产下了9只小猪，船员们想尽办

法试图挽救，最终 9 只小猪还是无一幸存。后舱里的一位先生也被冻死了。一位水手从绳索上跌落，掉进冰窟窿里，马上就不见了。冰川高耸，回声清晰可辨，让人心生惊恐。头顶上，灰色的信天翁展翅飞过，悄无声息。

1773 年，库克船长第一次穿越了南极圈。用当时的一位随船科学家的话说，在那里，"我们……被浓雾包围，被雨水、冻雨、冰雹和暴雪击打……每天都有沉船的危险"。库克本人，在四个相距很远的地点进行了尝试，最后，说了一句类似荷马说过的话，"这个地方永远领受不到太阳的温暖"。库克描述的"一个恐怖到无法形容的南极洲"，听起来很像《奥德赛》里的句子。等到人们终于围绕南极洲航行一周之后，发现上面住的只有企鹅。如果在冰川的后面还有一块陆地，那也只能是属于另一个星球的冰冻世界。在南极大陆上只有冰川，水手的咒骂声此起彼伏，声音四散开去，回音袅袅。

"我可以大胆地说，"库克船长宣布，"没有人会比我走得更靠南了。"与此同时，他开始朝北调头，向热带岛屿进发。在 18 世纪而言，他说的没错，就好比今天登月成功之后，更远的太空探险仍然前途未卜，不仅无比荒凉，而且极为昂贵。当时的船员穿的衣服和帆布头盔，尚不足以进行这样的远距离旅行，要知道，直到 20 世纪，阿蒙森和斯科特才最终抵达南极点。而且，即便是在 20 世纪，斯科特也没有从冰天雪地的酷寒里生还。让库克船长哭笑不得的是，他听到随行人员说，如果真有未知大陆，它应该在更北边，在气候更温暖的地带。库克没理会他们，也许脑海中想到了达尔林普尔的话，他决定再向南进行一次尝试。这些皇室委派的科学家经常不安地抱怨，库克船长总是不告诉他们旅行的目的地。他能怎么办呢？告诉他们，他是接受了秘密指定要去南极圈里的荒原航行吗？如果他愿意，他也许可以像奥德修斯那样回答，"我只是一个凡人，我不是神"。

在库克船长死于夏威夷的半个多世纪之后，一个不习惯出海的稚嫩的旅行人来到了加拉帕戈斯群岛。他就是年轻的查尔斯·达尔文，刚刚离开了南美洲的大草原和安第斯山脉，来到了这里。在南美洲南端的火地群岛，他曾从"小猎犬"号军舰上打量过海面上的疾风巨浪，库克船长带领的奋进号和决心号轮船曾在那里驶过，完成了他们的世界航行。现在，"小猎犬"号来到了加拉帕戈斯群岛，也放下了它的锚。这个地点，被独具慧眼的西班牙人称为"埃坎达塔"，即迷人之岛。

奥德修斯也曾经以类似的方式到达了魔女基尔克的岛，

结果却发现他的随行船员都变成了动物——更明确地说，都变成了猪。在他的要求之下，这些变形的动物又恢复了人形，而且变得年轻、有活力。到了 16 世纪，佛罗伦萨的作家基梵尼·巴提斯塔·杰利（Giovan Battista Gelli）创作了《基尔克》，其中，许多变成动物的人拒绝了奥德修斯把他们变回人形的请求。他们要维持其动物状态的理由，可以说是人类状况的绝佳注脚。无论是兔子还是狮子，它们都团结一致，不愿意跟人类有任何瓜葛。奥德修斯使尽了浑身解数，还是无法说服绝大多数动物变回人形。唯一的例外是一位半信半疑的希腊哲学家，他变成了一头大象——只有他同意恢复原形。

基尔克有一整套让生物变形的迷惑手段，它们通过迷人之岛沉淀在了人类的心智里。奥德修斯眼里的女巫的诡计，其实只是这个无法理解的宇宙本身的一种变化。达尔文把喷涌的火山囱比作"地狱里开明的部分"，正是从这些火山囱里，这位年轻的博物学家开始推测，这些看起来截然不同的动植物，比如加拉帕戈斯龟，其实都来自于大陆里现存的栖居生物。

基尔克隐遁了，但是，旅途中的达尔文清楚地看到，在时间与空间的隔离里隐藏着一种力量，这种力量本身就足以彻底改变生物，把包括人在内的所有生物都变成斑驳的影子。通过加拉帕戈斯群岛这道神秘之门，他进入了一片像太平洋一样广阔的海域。不过，即使是在这片时光之海里，库克船长率领的幽灵船只也先于达尔文搭乘的"小猎犬"号驶过了。库克船长的船上随行的外科医生兼博物学家，威廉·安德森（William Anderson），在第三次致命的——库克本人异乎寻常地称为"最后一次"的——航行的日志里写道，我们必须认定动物和人类来自不同的群体，"在抵达南半球海洋之前，就已经在此出现了，否则，我们就必须相信，在创世之初，每一个岛屿都被安排得妥妥当当，今天见到的各种动植物已悉数出现"。安德森的描述并没有精确地表达出演化的观念，但是它像预言一样，暗示了一些令人困惑的——从某种程度上，可以说是异端的——想法，而且一旦出现，就再也不会沉寂下去了。这种想法就是，岛屿对于我们认识生命世界将发挥重要作用。

决心号的魅影倏忽而过，消逝在过往的无垠的海面上。威廉·安德森死在了穿越白令海峡的途中，但是其他人仍然在观察，仍然在求索，直到答案在达尔文返回伦敦之后出现——回到伦敦之后，就像奥德修斯寻找伊萨卡的地平线，达尔文在给他的老师约翰·亨斯洛的信札里表达了他的渴望："啊，多想再次回到家里，身边再无一件新奇的人和事。"但是，那些新奇的东西在那里，凝固在记忆里，永远被重温。迷人的加拉帕戈斯群岛上的每一个丛林里，永远回荡着那些来自远古的爬行动物发出的嘶嘶声。

我推测，只要一想到库克船长默默忍受的一切，以及他从约瑟夫·班克斯公爵，这位动机善良、气势汹汹的贵族博物学者，以及在前两次航行的过程中时不时抱怨的随行人员身上学到的事情，现代学者的记忆就会受到剧烈震动，久久难以平静。这位克制的船长只发过一次火，因为博物学家福斯特和他儿子侵犯了库克的著作权。船上的书吏约翰·豪克斯沃斯从约瑟夫·班克斯的私人日记里引用了一些大不敬的评论，并随意责怪库克，这丝毫没有平复船长的怒火。"你们这帮科学家见鬼去吧！"他向金中尉咆哮道。这发生在第三次航行启程的前夜。

库克船长发怒，不是毫无理由。但是我们需要指出，这位约克郡工人的儿子留下的航行记录，要比豪克斯沃斯的版本更为准确，部分原因在于，豪克斯沃斯从海军部接受的任务是美化库克的记录，让它更容易阅读。用现代的语言来说，库克总体而言是一位杰出、宽容的人类学家，他在每一个有人居住的岛屿上都随机应变，扮演了奥德修斯的角色。要知道，死在夏威夷的基亚拉凯库亚海湾的不是哪位科学家，而是库克，是环绕南极洲航行一周的船长，是幽灵大陆的真正发现者。库克曾经无数次地带领船只避开了危险的浅

奇异的宇宙

滩，并穿越了南北两极的高纬度地带。

生活在科学时代的我们，很可能会珍视科学家取得的成就，但我们应当承认，没有库克船长的高超航海本领，约瑟夫·班克斯和其他科学人员可能早就在热带海域葬身鱼腹了。当库克船长的死讯传到伦敦，班克斯据信在《清晨记事报》向库克船长献上了一份虽迟到但公正的颂词，"库克改变了地球的面貌"，这也是 20 世纪的人们对库克的盖棺定论之词。

对于这些受限于陆地的意见，詹姆斯·库克可能会骄傲地冷眼以对。从肮脏的历史滩头走过，他显得如此特立独行。要纪念他的离世，海平面、冰川和信天翁就足够了——当然，还有那些精心绘制的地图，以及追随他脚步的人。也许，要等到我们进行飞越太阳系的星际旅行时，宇宙飞船的船长才能理解那种孤高、平静的淡漠。

不过，还有一事值得考虑：奥德修斯的旅程是精神的返乡之旅，是要终止外在的胜利。关于这两种自相矛盾的冲动的交叠，意大利诗人纪梵尼·帕斯卡利（Giovanni Pascoli）在《最后的旅行》里表达得最为精彩。帕斯卡利意识到，奥德修斯回到伊萨卡，实现了返乡的目标，在某种意义上是一个有点失落的结局——基尔克的魔法咒语会跟随奥德修斯进入那个庸常的世界。

帕斯卡利续写了奥德修斯的故事：后来，他年事已高、坐立不安，受到了一群迁徙的鸟儿的吸引，决心重走他的神奇旅程，再次踏上年轻时走过的路，但这条路已经无法重走了。基尔克群岛终于以它最朴素的面貌呈现在这位旅行人的面前。基尔克以及她代表的所有事物都消逝了。奥德修斯再次经过那次神奇旅途里的场景，发现曾经的障碍已经微不足道；假如达尔文到了晚年再来看看加拉帕戈斯群岛，可能也是类似的感受。这种空间上的怀旧感——希腊人说的怀旧，意思就是对家园的渴望——在帕斯卡利的笔下，变成了对失去的时间的渴望，对那些一去不复返的往昔时光的渴望。塞壬女妖早已不再唱歌，但是帕斯卡利笔下的奥德修斯，已经完成了他的精神之旅，他理解这一切。没有同情的感知，知识是贫瘠的。奥德修斯死后，被波浪带到了海之女神卡吕普索那里，她把奥德修斯藏在了她的头发里。"无名之辈"终于回到了虚无之地。

3

那些考古学家和民俗学者，如果经常光顾斯堪的纳维亚沼泽地，就知道那里的酸沼中保存有图伦人（Tollund man）的尸体，这些人与荷马生活在同一时代。他们会说起一种奇怪的融合宗教。一位土地女神坐在一辆巨大的四轮车里，穿越阴暗的北方森林。她一直在移动，没有停留，这辆牛车缓缓地驶过一条老旧荒废的道路，在一个无名的小镇停了下来。女神拉开了窗帘，向外张望。

在升起的薄雾里，牧师和温驯的祭拜者在蹒跚而行。牛车上挂满了装饰，但所有人都不许把脑袋伸到垂下的窗帘背后，也不许询问停下来的车夫，更不许用手触摸用于夜晚祭祀的蒸牛。经过必要的仪式，少数被挑选的人类牺牲品被投进了沼泽。然后，牛车又缓缓地驶入黑暗，跨过荒野和禁忌之路。

有一个午夜，我听到旅馆走道里传来哭泣声和辘辘声，这个画面突然出现在我的脑海——那辆牛车仍然在移动，后面跟着随行的祭拜者。这时，我坐了起来，听着外面低沉的声音和跑步声，开始不由自主地颤抖。我又想到，也许，在我们这个信仰科学的时代，同样的牛车依然在更黑暗的时间里蹒跚而行。

可以设想，这辆远古的牛车里坐着的是牛顿本人，他戴着面具，世界机器像一架无情的钟表，在一个毫无生气的密闭空间里，嘀嗒嘀嗒地走着；或者，隐藏在窗帘后面的是达尔文，一切都是不确定的、充满野性的，他的同行人都在雾气朦胧中不断变幻；再或者，窗帘后面是弗洛伊德医生，冷冷地、深沉地看着茫茫一片狡黠的小妖怪的面孔；又或者，是乔治·勒梅特神父[4]，他的追随者们听到了大自然不一样的心律，就像在逐渐黯淡的星空背景里听到了有节律的鼓点。想象一下，从牛车的车厢里放射出耀眼的原子能射线，映出巨幅的轮廓，四个样貌邪恶的马夫不耐烦地驾着车，人群中则传来一个低沉的声音："上帝死了。一切都被允许了。"

我还在床上清醒着，却感到筋疲力尽，一边又在想，假如牛车里的人物是某种不定形体，他根本就没什么面孔，就像奥德修斯在独眼巨人面前，为了掩饰而一直自称"无名之辈"。或者，我们可以推断，在垂下的窗帘后面，在一顶无法辨认的风帽下面，只有一团旋转的雾气，它来自原始虚空。我们是它的附庸——我们天真地以为自己供奉的力量被牢牢控制住了，而且以此为证，相信我们篡夺了神力。

现在，我再一次听到，这辆笨重的牛车千里迢迢、长途跋涉，在午夜里缓缓驶来。我想到了这个面目模糊的人——变化多端、变幻莫测，在死神的头颅和美丽的魔女基尔克的头像之间转换，永不停息，永不接触肉体凡夫。我想到了她的追随者——我们自己——在无数个实验室里辛勤劳作，怀着隐秘的愿景：什么是存在，或者，什么不是存在——但野

4　比利时天体物理学家、数学家、天主教神父。他是把爱因斯坦的广义相对论应用于宇宙学的先驱之一。他在1927年发表的一篇论文里推演出了哈勃定律（比哈勃的观测早两年），并提出了宇宙大爆炸理论的雏形。——译注

性的存在，我们总是抓不住。

很久之前，有一位名叫柏拉图的希腊人，他也是一位旅行人。在听过了奥德修斯的历险之后，他评论道："我们必须接受最好的、最无可置辩的人性信条，并由此开启我们的探索，它就像是一片木筏，我们借此穿越人生旅途中的艰难险阻。"不过，柏拉图对他的沉思做了一点谦卑的补充，这鲜明地反映了希腊人对于骄傲自大的厌恶。"除非，"他伤感地补充道，"我们有可能找到一艘更坚固的船，靠着神启的语言，我们可以更笃定、更自信地踏上旅程。"

在上文里，我一直在说奥德修斯经历的各种神奇事件：独眼巨人岛、魔女基尔克、女海神卡吕普索、日神的牛群、食莲花的人、塞壬女妖，包裹着四种风的可怕的风袋在半途散开——所有这些故事流传至今。据评论家霍华德·卡拉克（Howard Clarke）观察，《奥德赛》就是一个民间传说的大观园。它充分展示了人生旅途中可能遭遇的不确定的暴力事件——性、不负责任、过度饥饿，都会在人的潜意识里诱发出同样可怕的形象。这个世界，就像是杰克与豌豆的童话故事，对它们的记忆要比生活的遭遇存留得更为长久。

这个世界一旦出现，就无法再压制下去。此外，任何由此而来的事情都可能让人扫兴。奥德修斯的目标是返乡，但经历了海上种种不可思议的冒险，包括与老海神普罗透斯

（Proteus）在石头上一起晒太阳，人类寻常的追求与傻气的贪婪就显得格外乏味了。回家之后，奥德修斯对那个稍微冒犯了他的侍女火冒三丈，以绞刑处之，他本人因此声誉扫地。从这一刻起，这个故事里似乎有什么东西就永远消逝了，无论荷马多么需要给奥德修斯的历险故事收尾。不过，荷马早就看到，并以预言的方式宣布：未来再也没有历险了。

荷马本人，或者更准确地说，奥德修斯，回到家的时候已经人近中年，显然，家庭已经容不下他了。换言之，奥德修斯需要一个足够合理的理由逃离伊萨卡。后代的读者都强烈地感到了这种必要，从但丁到丁尼生到卡赞扎基斯，诗人们不得不让这位不朽的旅行人再次踏进梦想的疆域。在这些诗人之间，也许只有帕斯卡利足够明智，想象到了这样一个结局：那些微不足道、平庸无奇的事物，在人类智慧的关注下发生了剧变，进入了一个不朽的维度，仿佛被施了魔法，拥有了属于自己的现实。

在这一点上，奥德修斯返乡的过程中发生的一件事情，就像卡吕普索岛上反射的远光一样闪闪发亮。这件事发生在奥德修斯回到伊萨卡之后。奇怪的是，查尔斯·达尔文也经历了一次类似的事件。一别十九年，第一个认出奥德修斯归来的，是他的老狗阿戈斯，虽然它受到了虐待，并被丢弃到了粪堆里，但仍然摇着尾巴去找主人。达尔文的经历也与此类似：乘"小猎犬"号环球航行，一别五年，回家之后，是他的爱犬第一个认出了归来的达尔文。

我们没有必要对奥德修斯的老狗是否真能活那么久而斤斤计较。这个故事流传了千年，令人惊奇的是，虽然它来自一个残酷、暴力的时代，但它表明了人与野兽之间的亲密关系。这种关系不止是在城市里，也发生在森林边陲里的荒郊野地，那里的人们会主动接受动物们的帮助。虽然我们忘记了为何这么做，但是仍然把狼狗带进了城市里的公寓楼，而狗与人都闷闷不乐地坐着沉思。

阿戈斯和奥德修斯相逢的神奇一刻，既证实了生命世界里的多样性，也表明了不同的生命形式之间需要友爱。这是大自然对于流离失所、漂泊不定又贪得无厌的人类发出的疾呼："别忘了你的动物兄弟，也别忘了你来自森林。忘了这些，就会招致灾难。"

许多伟大的作家在他们创作的奥德赛历险故事里都加入了私人含义。尤其是在 20 世纪，人们认为奥德修斯象征了渴求知识的科学家，是对时间与空间深入探索的浮士德式的人物。但是，作为科学家，我们有时忘记了他们的心路历程。帕斯卡利在《最后的旅行》中极为诗意地表达了这种感受：心路历程的真正含义，早在多年之前就被基尔克的神秘警告言中了。"魔法无法打动你"，她曾对奥德修斯如是说；但今天我们知道，没有被神奇的魔法打动的心，也许是未老先衰了。库克船长死在了莲花群岛上，这可能是他的幸运之处——不必再回到他的佩涅洛佩身边。达尔文，在时间深处漫游，回到家乡道恩之后，据说大病了一场。事实上，根据一个颇具权威的材料，达尔文回家之后散步到如此之晚，以至于他在黎明时分遇到了归穴的狐狸。

因此，在人的心里，以及更重要的是，在这个动荡不安的世纪，奥德修斯的历险故事同时象征了人类的无家可归，也象征了人类的惊人力量。这种力量要比奥德修斯在其他求婚者面前拉开巨弓的力量更为巨大。很久以前，在荷马的故事流传还不到几百年的时候，普罗提诺曾这样描写过这段灵魂之旅，"灵魂最终不会回到别处，而是返回自身"。我们可以补充说，灵魂要回归它真正的自己，它需要阿戈斯犬的帮助，认出它来。它渴求着把人与野兽联系起来的共情，虽然我们竭力否认，但我们依然朦胧且纠结地记得，我们跟生命世界是联系在一起的。矛盾的是，我们的人性最终也是由此建立起来的。除非人能从其他动物的眼睛里看到自己的映像，否则，人就无法认识自己。

曾有人断言，我们只有认识到星空背后的黑暗，才能理解人生之旅的本性。这可能没错。但我们也知道，我们内心

　　　　　　　　　　　　　奇异的宇宙

的终点绝非塞壬所在的暗礁，而是比这远得多，因为塞壬唱的是知识，而非智慧。越过了这一点之后，如果我们竟有幸登堂入室，就进入了柏拉图所说的无名之地。或者如柏拉图试探性地称呼的那样，它是一种神启的语言，因为他在绝望中希望——借用《奥德赛》里的典型语言——当"太阳落山，一切前行的路径都已黯淡"的时候，它足以为人类的朝圣之旅提供向导。

不过，在我们的时代，心智仍然坚持在那些已然黯淡的航道前行，虽然那里有各种诡异的生物涌动。就我自己来说，我已经走遍了我敢走的地方，包括雨水冲刷过的峭壁和海景。但我知道，而且非常清楚地知道，除此之外，还有更多，正如魔女基尔克尝试着给奥德修斯的警告，"死亡将从海上平静地降临"。我现在想，她是想说，内心上涨的潮水最终会淹没每一位旅行人。

后知后觉的我，已经听取了魔女的忠告。时日尚多，我在阳光照耀的甲板上收到了神谕。我尝试理解它的含义，就像在理解自己。在作这番记录的同时，我感到潮水开始涌起，越升越高，直至把远古的暗礁淹没。

第二章
奇异的宇宙

假如上帝，诚如古老的诗人所言，是一个游戏
中的孩子，只是在跟世界玩对弈游戏；在嬉戏之
中，他让渺小的事物变得伟大，让伟大的事物归于
虚无；假如上帝也是在跟我们玩游戏，并开了一个
赌局……

——约翰·邓恩（John Donne）

英国的一位著名散文家，H.J. 马辛哈姆（H. J. Masssingham）曾经颇有洞察力地评论道，今天的森林里，已经不再有鬼怪出没了；但是，寂静的、人造的荒芜，可能会以某种可怕的形式出现。没有什么比在树丛中停下来的一辆火车更能令人激起这类联想了——尤其当这列火车刚刚离开大城市市区，停在了某个既类似于人类出现之前的远古时代，又类似于人类离开世界之后的未来世界的未知地带。我

乘坐的火车是在晚上停下来的，从窗户向外望去，看到的是一片仿佛被火焰覆盖的景象，点缀着一些暗淡的人影。

过了一会，在另一个人的陪同下，我下了车，向前走去，想去那片古怪的区域瞧个究竟。结果发现，这是个一直在燃烧的垃圾焚烧点，不断释放的乌烟瘴气助长着附近城市上空的灰霾。在这片好似地狱的火焰里，有几个满身污垢的工人在耙着垃圾。我走上前去。远处，还有更多模模糊糊的

人影，也在忙活着类似的事情。有那么一会儿，我有一种不大真实的感觉，仿佛到了地狱的边界，其中的一切都被编织进热浪，传送到了另一个空间。可以想象，那些食腐动物在寻觅食物的时候，也会这样把那些邋遢变形的灵魂翻腾出来。

我静静地站着，观察着这片火海。湿漉漉的纸被叉起来，又被丢进火里。过了一会儿，我才意识到，这个地方可能收纳了去年情人节的贺卡、丢弃的圣诞树和我孩提时代睡过的小床。

"估计你们这里啥都有吧。"我冒昧地向这位满身污垢的工人搭话。

他冷冷地点点头，用厚厚的手套抹了一把脸。他的眼圈被火烤得通红，当然，也许它们本来就很红。

"你猜怎么着？"他朝火焰扬起一只手。

"怎么了？"我洗耳恭听。

"婴儿，"他朝我耳朵吼道，"有时甚至有死掉的婴儿。就从那儿。"他向城市的方向努努嘴，一边用叉子抬起来一团形状模糊的东西。火焰一下子蹿了起来，我赶紧后退了两步，才发现那不过是个老旧的收音机盒子。从收音机里，曾经流淌出声音、乐曲和欢笑，也许是 20 世纪 20 年代的老古董。那些声音现在去哪里了呢？我盯着火焰中摇曳的电线，好像想到了一些事情，但火车的鸣笛声打断了我的思路。

我挥手告别。在四周浓密的黑暗里，这些人影似乎在下意识地伴着消退的火焰工作。我的眼睛也开始适应了这里的光亮。

"这里什么都有，"垃圾焚烧堆里的这位哲人重复道，"只要给它足够长的时间，这里什么都有。"

"再会啦，"我岔开了话题，"祝你好运。"

当我回到了火车座位，脑海中挥之不去的是火焰和悬垂着燃烧的电线这些影像。它让我想起来几年前发生的一次空难，以及事后进行的死者鉴定——像我这样的人类学家经常接到一些奇怪的任务。我试着把这件事情抛诸脑后，正如一贯做的那样，但我一打盹，那个画面就回来了：收音机盒子和在火焰中燃烧的电线。我曾经把一块烧焦的头盖骨碎片接回死者的脑袋，当时我盯着被烧得变形的颅骨顶，就在想，这真像是一个制作精良却坏到无法修补的机器，仿佛是为了某种功能特意制作出来的东西。但现在，声音和乐曲去哪里了呢？

"这里什么都有。"一个黑影在我的梦境里说道。我叹了口气，黑影顿时就在火车轮子

撞击铁轨的节奏中消失不见了。

换作别人，可能就不再多想了。但是，作为考古学家，我对于身边逝去的文化、我们的命运，以及我们身处其中的宇宙的本性，却格外在意。谈论这些事情的时候，我并不是作为一个学者，秉持着科学的态度来做这些思考；我是从一个更疏离的角度，不妨说，是从垃圾焚烧堆里那位哲人的角度。这不需要什么精心雕琢的修辞手段。在各种速朽的事物中，考古学家是最后的发掘者。他们要处理的，不是个人的问题，而是文明的问题，并且要对文明盖棺定论。他会发掘我们刻在陶器上的究竟是买菜的账单，还是献给神的赞美诗。或者他会发现，就如当初我曾经在一个山顶洞穴里发现过的，一个襁褓中的婴儿的骨骼，身边配备了一些精心挑选的"狩猎"工具，一些鲜为人知的陪葬品，为了帮助幼小的婴儿度过死后可能遭遇的世事变迁——这怎能不让人感到心酸？虽然婴儿可能还不知道如何使用这些工具，但它们的做工非常考究，可见父母用心良苦。这是否意味着，人们期待他的灵魂也会长大成人？还是说，在这些朴素的文化里，失去孩子的父母，在近乎绝望的焦虑之中，把孩子无法再领受的关爱，都投射进了这些陪葬品？

在一个类似的但更为抽象的意义上，现代思想，即，科学思想，为思索存在之谜忧心忡忡，于是尝试着为下一代人配备上特定的思想武器，以期克服无知带来的恐惧。在那个夭折的孩子身边，父母提供了各种陪葬，希望可以保护他。类似的，科学也宣称我们生活的宇宙按照特定的、可理解的规律运行。而且，最重要的是，用它最雄辩的一位支持者弗朗西斯·培根的话来说，"（科学的目的）不是去想象或猜测，而是去发现——自然的运行规律，或是自然被运行的规律"。

不过，要发现自然的运行规律，人这种生物面临着两大局限：一、他必须从他的时代或社会所处的时代，来对这些规律进行外推；二、他受制于自己对周遭世界的感觉。后来，技术的发展拓展、延伸了这些感觉，比如显微镜和望远镜。尽管如此，要对通过拓展的视觉或听觉获得的数据进行解释，我们最终还是需要回到最原始的感官：我们的眼睛和耳朵。此外，自从 13 世纪以来，科学就认定了奥卡姆剃刀原则："如无必要，勿增实体。"换言之，这个世界本质上是简单的，而不是复杂的，只要我们的观察足够敏锐、头脑足够深刻，我们就能揭示世界的秘密。讽刺的是，在我们这个智力与技术取得巨大成就的时代，我们不得不承认，这个久经考验的奥卡姆剃刀原则，无论之前对人类提供了多少帮助，换个角度来看，只是以一种更隐晦、更微妙的方式反映了人类的渴望——渴望秩序，渴望控制，渴望理解并支配这个世界。

所有这些动机固然值得称道，不过，也许我们应该更谦卑地对待自然，并从一个更宽阔的参照系来打量这个世界。这样，我们才能够意识到马辛哈姆在森林里感受到的潜伏之物，或者理解约翰·邓恩在 300 年前写下的诗句：

> 从虚空、黑暗、死亡中，
>
> 从这些无物之物中，
>
> 我，再次降生。

邓恩意识到，在可见的自然界背后，潜藏着一个不可见的但有繁殖力的虚空，它的规模如此庞大，大到不可思议，我们只能避开它。从微观视角看，那颗在空难中被炸开的头盖骨，在几个小时之前也潜藏着一种类似的可能性——自从我触摸过它之后，我就被这种虚空缠上了。

几年前，我出过一本散文集。其中，我讲到了我们是如何在思考时逐渐习惯了时间的观念，好像这是一件自然而然的事情；关于生命和人类，我也讲了类似的话。不过，到了最后，我不得不问，自然的过程有多自然呢？我的一些科学同仁听到这个问题大为光火，因为他们混淆了单个学科取得的成就与宇宙尺度上的确定性。于是，在他们听来，我的问题无非就是一个包装得很拙劣的异端邪说。不过，这里，我打算来继续探讨一下这个"异端邪说"。之所以提起这个话题，并不是要贬损科学，而是来进一步拓展我们的想象力。因为我们已经走到了思想密林的边界，在这里，沿用古老的童话故事的语言来说，狐狸和兔子互道晚安。在这里，可预测性消失了，无法想象的事情开始了——或者，如果允许我最后一次进行异端邪说似的推测，我们也许可以自问：在宇宙的这个不起眼的角落，我们这颗小小的地球是否一直都保留着对我们的嘲讽，一直在拒绝迎合人类关于秩序与稳定预期的观念？

　　这个世界，虽然有一定的规律性，但也不乏种种意外，就好比吓唬小孩子的弹簧玩具，猛不丁地从箱子里跳出来。在初民眼里，世界也是如此。乌云之间跃动的闪电，看不见的东西在天上隆隆作响，活生生的身体，流淌出神秘的红色液体，倒下后一觉睡去不再醒来。黑暗森林里传来动物的嚎叫声、水流声，落叶可能是吉兆，也可能是凶兆。我们再也无法像动物那样，认为这个世界里的一切都被安排得妥妥当当。我们必须努力观察，主动思考，抽象思辨，详加算计。一旦开始做这些事情，我们也就从自然世界里抽离出来；万事万物周围辐射出一圈意义的光辉，但只有人类能看到它。在这个由不可见的力编织起来的宇宙里，人类带来了组织力量，这就是原始的巫术。那个据信可以通过某种同情的联结来控制宇宙的傀儡，已经在巫师扎满针的木偶里模模糊糊地出现了。巫术固然比较粗陋，也说不上完美，但它是人类第一次对自然抽象思辨的产物，这是人们第一次尝试通过某种不可见的吸引力把不同的物体联系起来。

2

回到现代科学的早期发展阶段，我们会发现，18世纪末和19世纪初的人们，欣然抱持着这样一种观念：世界是一架平衡的机器。当时，牛顿已经建立起了运动定律，它似乎统治了宇宙万物的运行。各个行星——事实上，整个宇宙——都是自发调控的。一开始，人们认为这种秩序是由神意控制的；人们猜想，神当然只关心天球这样宏大的对象，不会在乎这个无足轻重的地球。但是，慢慢地，人们意识到，情况并非如此。詹姆斯·哈顿（James Hutton）观察到，地球好像是一台"美丽的机器"，它是有规律的：漫长的侵蚀与风化，地壳运动引起了新大陆的出现。于是，要理解地球的物理特征，我们不必再援引"超自然"事件，或者大洪水等"毁灭性灾难"。自然本身就足以解释这些规律性。

时间拉长，在漫长的地质时代里，占主导的还是秩序，而非混沌。在远古的海岸线处，人们发现了雨水在化石上留下的印记，与当今所见的雨水印记是类似的。在没有被覆盖的地层里，我们能看到波纹在化石上留下的痕迹。深埋在地下的树，之前吸收了几千年前的阳光。过往与当下是统一的，而且，总的来说，这种类似性是由基督教的上帝指定的。

人们相信，动物世界里也有一个类似的组织网络——当然，个别思想家对此半信半疑。牛顿式的机械世界观已经从天球拓展到地球上了，而且，有那么几十年，似乎注定也要用于生命世界。植物和动物永远就是它们既有的模样；它们会竞争，但不会发生改变，因为在这个系统里，改变就是对规律的否定。在哈顿看来，世界会周而复始地自我更新，正如在天堂中可以观察到的波动，都会进行类似的自调控。

因此，时间遵循严格的规律。它亘古不变，并且自我纠偏。正如上文提到的，在前人看来，时间也是神意的一个体现。这种神意，对人来说是一个慰藉。动荡不安的生命世界，跟动荡不安的物质世界一样，都受到上帝的主宰。生物体也是在严格限定的范围之内波动。干草浸出液里的微生物，向我们传递了这个信息；类似的，昆虫的关节也向我们证明：上帝关心细节。威廉·佩利（William Paley）说："在我们能够观察到的大自然及其每一个环节里，我们会看到，即使是最为细枝末节的部分，上帝都给予了关注。地蜈蚣翅膀的合页是精心制作的，好像这是造物主唯一要完成的事情一样。虽然生物体的种类众多，但是上帝没有丝毫的懈怠，也不会因为事物的多样性而分神。因此，我们没有理由担心人类被遗忘、被忽视或者被怠慢。"在这段话里，在科学的外表之下其实还是同样的人文关怀的姿态，这跟远古时代埋葬婴儿的陪葬品，比如兽皮毯子、骨头磨成的针和用来杀兔子的削尖的棍子，其实如出一辙。

这种维系着生命现象的平衡，被伟大的解剖学家约翰·亨特（John Hunter）称为"自然管理"。在一定意义上，它就像是地球本身循环不已、但又不离正轨的生命周期。广袤的大陆，感受到雨水击打着它不规则的肋部，感受到秋天落叶的离去，感受到永不停息的风带来的侵蚀效应。尽管如此，自然的总量却并未消长。如果一块大陆在某一点上少了一块，那么在另外一个地方就会多出一块。无论它是小到一颗雨滴，还是大到山脉里一块脱落的巨石，大陆都会在动态平衡的作用下永葆年轻，并沿着自己的轨迹演变。

地球是这样，地球上的生物同样如此。"动物世界里也有一种均衡状态"，亨特继续阐述道。它们会确保其自身的数量稳定，并满足一定的比例。扩张总是会遇到局限。生存斗争这种现象，在达尔文之前就被人们注意到了，但它的意义只是使生物在钟摆式的发展过程中摆回来。生命是被选中，但是选择标准只有一个：活力和外观的一致。突变产生的各种变异体是会被铲除的。曾经存在的会一直存在，可能出现的也早已出现。关于地球上的巨兽和生活着的各种动植物，可以说"前不见起源，后不见终点"；在无机世界，各种元素按照一定的秩序组成了花岗岩、海水和海滩。从古至今，每一只动物都是用镶嵌在同样的眼窝骨里的眼睛来打量世界。除此之外，它们没有其他凭借进行观察；观察者眼里的树叶和飞鸟也是亘古不变。这套理论被称为均变论（uniformitarianism）。它早已放弃了魔法，正如它早已放弃了巫医和中世纪方士宣称的种种变幻手段。终于，这个世界在一个仁慈的神的照管下，变得正常了。然后，达尔文出现了。

3

起初，他被称颂为另一个牛顿，说他发现了生命世界的规律。诚然，曾经一度被认为是独立创造出来的生物——收藏家壁橱里的贝壳，被压进标本册里的鲜花——现在，又被一种看不见的规律编织进了一个有着共同祖先的生命之网。从某种意义上，远古时代被抛弃的魔法似乎复活了。世界似乎更容易理解了，比自然还自然。偶然性变得流行起来，"自然管理"的另一面原来是创造。生命的平衡钟摆是一个假象。

虽然我们祭拜了多年的大自然，但是在她看似呆板的面孔背后，我们才是不可见的变形人。从无尽时间的角度来看，我们就是一种光学假象，因为我们的身份也在不断变换。尽管如此，仍然有人在谈论进步与完美。直到后来，我们才开始意识到，达尔文在自然中引入的并不是牛顿式的可预测性，而是彻底的随机与创新。用阿尔弗雷德·罗塞尔·华莱士（Alfred Russel Wallace）的话说，生命走上了"不确定的旅程"。没有哪种生物理解自己走在哪条路上，人也不例外。时间不再是循环往复，或者单调重复[1]。时间是历史性的、单向的，时间一往无前。自从有了达尔文的这个重大发现，无论人类有没有意识到或者有没有接受自己的命运，人类已经生活在偶然性的世界里了。

即使是在 19 世纪科学家眼中似乎一成不变的物理宇宙，新的问题也在不断出现。物理学家发现了反物质粒子，其质量跟我们世界里的普通粒子一致，但电荷性质相反，且无法与普通物质共存。这就引出了一个疑问：我们所在的这个角落究竟是否能够代表宇宙的所有角落？我们当前关于宇宙的理论并没有考虑反物质的存在，但这种古怪的物质却有着非

1　关于 20 世纪早期短暂出现的灾变论，因为我在其他地方展开讨论过，此处从略。——原注

常古老的起源，再加上最近据无线电频谱记录，研究者认为，反物质是在宇宙诞生的那一刻伴随着大爆炸产生的——我们再次被抛进了未知的旅途。

如果不是因为这个已知的事实，我们不得不承认，地球大气里的氧气似乎是一项生物主导的进程，即，光合作用的产物，而后者只是太古宙时期出现的一次偶然事件。那一次的"发明"，可以说，决定了这颗星球上所有生命的性质；但回头来看，这次事件目前无法被认为是预先决定的。类似的，性别机制的一个后果——遗传物质的突变与重组——进一步强化了对于随机性的操纵。但是，这也是无法事先预测的。

人类的大脑，这一包含了意识和潜意识的古怪难解的灰质冰山，同样是无法事先预测的。短短一瞬的地质时间促成了人类的演化，其身体特征虽然一开始相差巨大，但生物学特征逐渐趋于一致，留下仅无足轻重的种族区别。伴随着智人的崛起，大脑越来越擅长于抽象思考，人类的社会行为幅度得到了极大的扩张。从石器时代里简单的生态平衡，到产生出无比发达的文化，从生物学的角度看，人类的大脑基本没变。但人类的演化似乎有它自己的规律，并沿着独特的、不可逆转的轨道前进。与此类似，生物体会突变，并通过适应辐射从一种或几种生物体分化出更多形式。

在文化领域，人类对抽象观念的驾驭能力大大增强，并由此进一步发掘了大脑的潜在能量，这引出了一个极为有趣的局面：人类行为的可能性大大扩展，并且愈发矛盾；在任何一个社会，无论是较简单的部落社会，还是更复杂的当代社会，单一的行为规则都无法囊括所有的可能性。于是，随着人类在抽象思考的领域取得更多进展，他们用同一个身体沿着交叉小径走向未来的能力也更加强大。悖论在于，伴随着身体上的相似性，出现了思想上的多样性。而思想，又反过来牵涉到这些巨大的机构组织的退化，因为随着现代科学的崛起，科学与当代社会的关联也越来越密切。

　　所有过往文明里的人类都代表了一个局部，因此，也都具有我们前文提到的截然不同的突变特征。他们为我们提供了选择。人类一直都在交流观念，也在进行技术创新，但是从未达到过当代的这种规模、程度与单向性。一个愈发明显的趋势是，人类只有一种方式进入未来：借助科技。当然，这种情况也有它可怕的一面，那就是它限制了人类的选择。西方科学发展出的技术释放出了一种不可改变的力量，而我们自信满满地谈论的"地球村"，往往是由西方社会里的向心力产生出的一种同化，但这种同化令人不安。这种力量对人的控制力如此强大，以至于任何其他的解决办法、任何其他的哲学，都默不作声了。在不知不觉中，人类似乎已经在为自身的命运做了最后的决定，是福是祸，尚在未定之天。如果继续用生物学里的例子打比方，这就好比，一种动物成了生命世界的唯一代表。

4

考古这门科学研究的是人类的暗夜，而不是人类白日的成就。文章开篇，我提到了夜幕时分造访垃圾焚烧堆的故事。那里有各种材料、各种物件，包括蔓生的电线、丢掉的三明治包装袋、坏掉的玩具和铁床架，没有哪样是科学不能分解的，也没有哪件不是城市生活的产物。在沼泽地之外，远处城市里的高楼在夜幕时分发出微光；但是在城市的垃圾堆里，却堆埋着破旧的碎片：一块旧唱片的苍白片段（也许某人曾为之心动）、在砸烂的啤酒罐旁枯萎的花、某个凶手杀人之后丢弃的刀子，以及一个坏掉的汤匙。这个迷宫里有各种隐秘的、浮动的联系，而且只要有人活着，它就一直如此。这些无人问津的东西都被人类的心智解析过了。组成它们的原材料，也许来自岩石深处的矿脉，在巨大的坩埚里融化，然后被运到千里之外。它们最后呈现出的形状，虽然具有物质实体，但蓝图都曾经是某人脑海深处的一个念头。在最终出现之前，它们的存在就被界定了。它们已经有了名字，有了形状，这都离不开文字的魔力，而现在，在我们自己的脑海里，当初引起这些东西出现的文字，带着它包含的威力与潜在的悖论，重又出现——但是，我们只能依稀追踪它的诞生过程了。

据说，爱因斯坦曾说过，他不相信上帝在掷骰子。但是，当我们向时间深处追溯历史，我们发现，在这个现象世界，时间的开放性似乎是上帝造物的一个必不可少的因素。无论何时，只要一个婴儿出生了，那么骰子——通过基因、酶和不可见的充满偶然的环境——就被重新掷了一遍。或者，就像我在垃圾焚烧场里听到的那个悲剧：当城市里的那个孩子被丢弃之后，大火燃起，骰子又被掷了一遍。从统计学的角度看，我们每个人的出生都是一个几乎不可能的小概率事件，每一个人的出生都伴随着其他几百万种没有出生的可能性——但是，它们已经消失了，潜藏在虚空的暗箱里。

虽然我们发现了一系列物理定律，而且 19 世纪的人们试图用这些定律把整个宇宙联系起来，但时至今日，仍然有一些古怪的奇异性在徘徊游荡。我们之前较少留意这种视角的转变，但是，19 世纪电磁学领域的一位实验科学家，海因里希·赫兹，曾作过一则评论，阐明了这一点。他说："我们认识自然的一个最重要的目的，就是预见未来；有了这种预见能力，我们就可以顺势调整当下的行为。"

这种观念自有其魅力，这也是为什么许多外行成了它的拥趸，而且在未来一段时间，许多科学家和工程师也会念兹在兹。它隐含了一种秩序与规整感，这对人类来说有无穷的魅力，尤其是当我们越来越强烈地感到，人类好像是一个无家可归的孤儿，迷失在无垠的时空里。对于正处于不确定性之中的我们，赫兹的评论似乎提供了某种宽慰：力量被控制住了，宇宙被参透了，未来在来临之前就被理解了。与此相反，在此前的伊丽莎白时代，法律文书里往往都会有一句话，"命运和机遇的无常"，这反映了人们对于生命中不确定事件的谦卑与顺从。莎士比亚时代的人们具备的科学知识也许更少，但是他们非常清楚，国王龙颜大怒或者大瘟疫会带来意想不到的灾难。

另一方面，20 世纪揭示出了一个全新的宇宙。当然，我们的宇宙观也是从过去演变而来的。我们已经在一定程度上具备了赫兹梦想的那种能力，人类的心智好像达到了前所未有的高度，但与此同时，却无法感到自满。我们对于"科学是无尽的前沿"的观念都耳熟能详，但是我们还是很容易对"前沿"抱有一种简单化的理解，认为它好像是某种有待被彻底征服的东西，就好比我们的祖先到深山老林里淘金那样。我们以为，只要花足够长的时间，付出足够多的精力，我们就能开采出金矿，森林都会变成木材，野性的自然终有一天会被人类驯服。

不过，星空之外的自然或者原子的内部世界，目前尚未被我们驯服。只要稍加反省，我们就会意识到，这些领域诚然不同，它们更难被征服。如果我们到边界处稍微眺望一番，就会看到，人类全盘掌控大自然的梦想是多么荒唐，丝毫没有考虑到我们在时空中的局限性，也没有考虑到我们感官的局限性，即便人类的感觉能力被技术手段大大强化了。不过，有能力来到自然的边界进行探索的头脑是有限的。此外，这些研究所需要的工具也越来越昂贵。与此同时，在技术时代，这些研究带来的社会问题也愈发多样。仅举一例：谁能想到，在一根管子里放上两个镜片，会让我们发现一个生机勃勃的微观世界，进而迫使我们对卫生设施进行伟大的工程变革，消除了瘟疫，并引起了人口数量的急剧增加（我们称为人口爆炸）？

罗马帝国已是昨日辉煌，但是它就像一个隐喻，为科学无尽的前沿提供了一个微观模型。一个伟大的政治和军事机器不断向外扩张，直至占领了已知的全部世界。它内部的交流渠道更加薄弱，税收急剧增加，对帝国心怀不满的人、被排斥的人逐渐增多。等到野蛮人入侵的时候，整个国家早已病入膏肓。但是，罗马帝国维系的时间要比现代科学存在的时间长得多。

那么，科学帝国现在是什么状况？它的词汇量难道不是在急剧增加，不是也创造了难以估量的财富，空间不是已经成了它的玩具？它制造出的武器都是闻所未闻的怪兽，它的眼睛可以看到几百万光年之外。对于这种浮面的乐观，有人提供了一个颇为可疑的回答：科学以人为本；是人类发明、制造了科学。科学并没有阻止战争，而是进一步丰富了战争的手段。科学也没有消灭残酷或者腐败，而是进一步恶化了这些行径，规模之大，前所未有。

科学解决了许多问题，但是它有待解决的问题更多，这一点跟罗马帝国类似，只不过后者的手段要更残酷。但解决问题的方案也会带来新的问题；后续问题的解决方案，又会带来更进一步的问题。最终，问题逃脱了科学的手掌心，就像有毒的昆虫渗入了社会结构的缝隙里，以几何级速度增长。在一些组织机构里，我们已经有所察觉。这就是苏格兰生物学家达西·温特沃斯·汤普森（D'Arcy Wentworth Thompson）所谓的"意外事件的演化"（the evolution of contingency）。这种意外事件，不再是地质学家所熟悉的那种漫长悠久的演变。不确定性逃脱了人类的控制，嗖的一下就不见了，它逃到了我们制造的每一台机器背后，躲避在了我们宣布的每一条政策背后。

我们每一个人，在临终之际回顾童年，都会有一种强烈的距离感，童年迢迢，仿佛在回忆古罗马。一位朋友的小女儿问他："爸爸，给我说说从前的事吧。"我的这位朋友正要搜肠刮肚回忆他的古典历史知识，然后突然意识到，他的女儿只是想听听他的童年往事。那不过是在40多年前，但已经算是"从前的事"了。"那时候啊，"他对着入迷的孩子缓缓说道，"就是所谓的大萧条时期。那时候其实不缺食物，但是许多人都买不起吃的。那时候的小女孩，烦心事儿也更多。你看，她们的爸爸养活不了她们。"朋友的声音哽咽了，"许多人都没活下来。"他朝着空荡荡的房间做了一个道歉的姿势，仿佛面对着一群前来责备他的幽灵。"那时候，出现了一个我们无法理解的怪兽，叫作过量生产，"他的声音越来越小，"那个时候有许多恶龙，你简直想不到有多少。当时，还有一个非常文明的国家，那里的小女孩都要跟父母分开……"他说不下去了。他后来告诉我，奥斯维辛的那些眼睛，让他张不开口。

5

最近，我路过了一个墓地，在一个特别荒凉的郊外。在众多兀自耸立的灰白色墓碑附近，竟出现了一排透明的电话亭，共有6个。它们为什么会在这个地方？原因恐怕只有电话公司知道。它们是为了方便午夜的幽灵与人交流，还是为了方便过路的行人与墓地里的逝者沟通？我一时猜测不透，但是这个场景，在我看来，似乎暗示了我们的困境。

一种用于交流的工具，由一种看不见的强大的智慧搭建起来，可以供我使用，但我推测——虽然我对于查清原委又莫名地抵触——电话线路可能没有沿着该走的方向走，而且在这整个画面里，有些地方显得不太协调，甚至没有条理。这个画面，我在想，象征了我们宇宙里奇异的一面——这个宇宙，无论我们怎样把相关的线索连起来，永远都有开放性，都有某种古怪的特点，我们可能永远无法彻底掌握。大自然里的某一部分，对我们漠不关心，而且似乎根本不打算向我们袒露秘密。它可能会狡黠地向我们提供一盒盒的白骨，就像墓地里的电话亭，但是，它们似乎也缺乏真诚沟通的必备要素。如果我们考虑一下那个似乎是偶然涌现出的现象——光合作用，从远处星辰发出的光线转变成了绿叶；或者考虑一下性的出现：从此，生命游戏的扑克牌就能以更高的频率重洗，并产生出更多样的组合——似乎大自然里包含了龙卷风一般的不确定性。它可不是 18 世纪的哲学家设想的一个自给自足的庄严的宫殿，宫殿的台阶永远以同样的方式精确重现。

从震荡的宇宙（好像一个巨大的跳动着的心脏），到让人费解的反物质——秩序，在人类理解的意义上，起码一定程度上是一个假象。实际上，我们理解的秩序，只是在一段有限的时间内，在宇宙的一个不起眼的角落里，由一种有限的生物通过有限的感受觉察到的秩序。正如一群原始的哲学家，霍皮人，所理解的那样：在表象的背后，潜伏着未显现的存在，它的范围和数量都超过了真实的存在。这就是为什么奇异事件总是会困扰我们；这就是为什么无尽的前沿永远没有尽头；这就是为什么丛林中半成型的混乱深深地打动了我。这种触动是如此之深，就好比从摇曳的电线和废弃的收音机盒子里飘出来一团巨大的魅影，似乎有所预言。

我们比看起来的要更加危险，而且，我们还有更大的能力来实现脑海里其他天马行空的幻想。培根曾经写道："如果（对天性）勉强施以压抑，天性只会在压力消除后变得更加猛烈。"说到底，天性的特点，也是大自然的根本特点。大自然的创造物——人类——也继承了这个特点。让人欣慰的是，人类在沉思的时候会意识到这一点，但在行动的时候却常常会忘记它。人类的存在，也体现了这个奇异宇宙的一部分本性。我们比其他任何生物都包含了更多未定型的形状和模式，甚至我们也不知道自己的潜力有多少。未来还有待创造。20世纪里的不幸历史，正是对人类滥用力量的严重警告，哪怕是这种力量被用于人类自身。废弃物、不确定的沼泽，它们在我们脑海里与现实紧紧相连。那些未被召唤的幽灵，最好还是在幽灵的光谷里沉睡吧，以免梦中飘荡的烟雾会在不知不觉中融合，就像有一次，它与贝尔森和布痕瓦尔德集中营的焚尸炉上空飘出来的真正的浓雾融合了那样。

爱默生曾在他的日记里写道："有一点虽然非常不愉快，但是我们已经来不及挽救了，那就是，我们发现了我们存在着。这个发现也被叫作人类的堕落。从此以后，我们开始怀疑我们的手段。我们认识到，我们并没有直接观察到这个世界。"认识到我们存在着，带来的是应该融合了同理心的智慧，因为当我们认识到这一点时，这个奇异宇宙的一角就被彻底揭示出来了。它深埋在人类的心灵里，而不是在星空的边缘。我们寻求的光，以及我们忧虑的阴影，都是内心的投射。有机生命的停顿、犹豫或者更新，正是通过人类实现的。维多利亚科学黎明时代的一位思想家曾感慨道："到目前为止，我们提出的尽是糟糕的问题。"也许正是因为这样，虚空中那位看不见的玩家，也掷出了同样糟糕的骰子。正是通过提出这些糟糕的问题，人类开始认识自己，从而赢得了最后的尊严。

第三章
隐藏的教师

> 有时候，最好的老师只对一个孩子或者一个无望的成人传授一回。

> ——佚名

用让人望而生畏的谜语来表达思想，不是今天的哲学家才开始的做法。其实，从某种意义上来说，现代科学的实验方法只是加深了人类无家可归的感觉。两千多年前，一个叫约伯的人，蜷伏在约旦的沙漠里，就他耳闻目睹到的不公义向上帝提出质疑。对此，旋风中的声音向哀求者反问了许多尖锐的问题。这些问题，其实正是现代科学试图解答的。耶和华反问约伯的问题包括：你曾进入雪库，或见过雹仓吗？雨有父吗？鹰雀飞翔，是因着你的智慧吗？

这个故事里还有一个年轻人，他就是站在约伯身旁的以利户。他怯生生地向怒气冲冲的长者回应道，上帝并非没有显现自己。神可能会用这种或那种方式言说，但人可能觉察不到。根据这些对话，我们可以进一步展开讨论，无论我们个人的信念如何，都不妨考虑一下，什么是隐藏的教师，以免我们对教师的理解仅仅局限为教育系统的一个环节。

一般而言，我们是在向教师学习，但教师并不总是在学校或在实验室。有时候，我们能学到什么也取决于自己的洞察力。此外，教师可能是隐藏的，即使是最好的教师也不例外。年轻人以利户观察到，老年人不总是富有智慧，教师传授的方式也未必都适合跟他学习的年轻人。

举例来说，有一次，我意外地从一只蜘蛛那里上了一课。

那是一个下雨的清晨，我在美国西部荒漠一个狭长的溪谷里寻找化石。突然，在眼睛水平线的高度，我看到了一只潜伏的圆蛛，体形巨大、黄黑相间，她的蛛网挂在高大的野牛草之间，就在沟壑旁。这是她的宇宙，她的感觉不会超过蛛网的纵横与轮辐。她纤长的腿可以精细地感受到蛛网上的任何风吹草动。她知道风在拉扯，雨滴在坠落，被困住的蛾子在挣扎。在蛛网的轮辐之下，有一缕结实的蛛丝，一旦有猎物进入，她会迅速赶来查看。

出于好奇，我从口袋里拿出一支铅笔，碰了蛛网的一角。很快，她就作出了反应。她开始拨动蛛网，颤动得越来越剧烈，直到肉眼难以看清。如果换作其他小虫，在这种情况下，恐怕早就被牢牢缠住了。颤动渐渐减弱，我看到蜘蛛开始轻车熟路地寻找猎物挣扎的迹象。但是，在这个小小的宇宙里，她从未遇到过铅笔尖这样的入侵者。蜘蛛习惯了蜘蛛的思维方式，她生活在她的宇宙里。任何外在的东西都是非理性的、无关的，最好是她的食物。在幽深的溪谷里穿行的时候，我意识到，对于蜘蛛来说，我其实也是不存在的。

一边在溪谷里跋涉，我一边在想，此刻，在我的血管里，巨噬细胞在沿着毛细血管游荡，仿佛带着一点基本的智力：要是没有它们的悉心照料，我恐怕早就不存在了。但是，对于这些如同阿米巴虫一样的巨噬细胞而言，这个有意

　　　　　　　　　　　　　奇异的宇宙

识的"我"也是不存在的。事实上，我就像是一个化学网络，持续不断地给巨噬细胞提供有意义的信息——如果它们会思考，也许会认为这个自然环境是不朽的，因为一代又一代的细胞出生，死去，未来又有更多的细胞来重复这个循环。这个奇怪的化学网络里也包含了我的智力——它就像一道黯淡的光，飘忽不定、晦暗莫测，我自己也难窥究竟。

我开始看到，世界上的生物各自活在不同的宇宙里，有些较大，有些较小，但所有这些宇宙，包括人类的宇宙，在某种意义上，都是有限的。我们都带着许多维度，穿过彼此的生活，就像幽灵穿墙而过。

从那以后，我的脑海里经常浮现出与这只圆蛛邂逅的画面。但是，那个纤细的蛛网所传递的信息，直到现在才变得清晰起来。这次相遇，到底是什么东西让我如此不安？是蜘蛛对于人类胜利的漠不关心吗？

如果是这样，那么胜利就是胜利，无法抵赖。我曾不止一次地察觉到——也在一层层的矿石里亲眼见过——漫长往昔岁月的痕迹。这些发现，都是现代科学的伟大功绩。我见过早期海洋中浮动的细胞——地球上所有的生命，包括我们人类，都是它们的后裔。远古海洋里的盐分，此刻正流动在我们的血液里；远古海洋的岩石，此刻正凝结在我们的骨骼里。每次我们在海滩漫步，总有一种古老的冲动，驱使着我们甩开鞋子、脱掉衣服，到海带和朽木中间寻觅食物，仿佛我们是一群在连年战争中流离失所、思念家乡的逃亡者。

这的确是一场战争——生命与自然环境之间的漫长战争，而且已经持续了约 30 亿年。一开始，有一些奇怪的化学分子，在没有氧气的天空下游荡；亿万年之后，第一株绿色植物出现了，它学会了利用来自太阳——离地球最近的一颗恒星——的能量。人类的大脑，如此脆弱，如此不堪一击，有无穷无尽的梦想和渴望，消耗的也是植物的能量。

大脑的耗氧量比身体的其他部分都高，因此需要川流不息的血细胞为其供应氧气。一旦窒息，哪怕时间很短，我们称之为"意识"的现象就会消失于无机世界的茫茫暗夜。人体是一个神奇的容器，但是它的生命却密切依赖于一种它无法合成的分子——氧气。只有绿色植物知道这个秘密，能够利用来自遥远太空的光线进行光合作用[1]。这个例子极好地说明，人的生存密切依赖于其他生物。

所有对生物化石有过研究的人，都会承认，如果我们考虑到地球漫长的生命史，绝大多数——或许是 90% 以上——的物种，都已经灭绝了。那些比人类更古老的生命，

1　严格来讲，浮游藻类和蓝细菌也能进行光合作用。事实上，根据内共生学说，绿色植物里的叶绿体正是蓝细菌的后代。——译注

或是已经灭绝，或是后代发生了剧变，以至于我们难以辨认出它们之间的关联。那些特化的生物，与塑造了它们的环境，一道灭绝了——老虎锋利的剑齿最终失去了用武之地，与此同时，人类用其制造出的长矛击倒了最后一只猛犸象。

在 30 亿年缓慢的摸索过程中，只有一种生物成功逃脱了特化的陷阱，活到了现在，这就是人类。要知道，特化曾经导致了无数的死亡和白费的努力。不过，我们不要高兴得太早，因为故事还没有结束。

随着人脑的出现，终于出现了这样一种生物，她们的直立身体解放了前肢，于是可以探索并操纵周围的环境。就这样，人类有了特化的大脑，由此摆脱了特化的命运。许多动物受环境塑造，只能适应于大自然的某些角落或罅隙，但这样的繁荣往往不会持续很久，它们很快就灭绝了。

我感到困惑不解，思绪一再回到草丛间蜘蛛的那个小小的宇宙——都是因为这个念头吗？

也许是的。

人类一度在洞穴的墙壁上想象动物，现在却要面对他们的心智在世界上留下的后果。人类，已经突破了藩篱，开始控制其他生命。现在，我终于明白了自己为什么会不断回忆起溪谷里邂逅蜘蛛的场景。

蜘蛛是人类的一个缩影，蛛网的轴辐体现了这种象征。

人类，同样生活在一个网络里，这个网络延伸至星际空间，回溯至史前的黑暗疆域。在帕洛马山天文台上，有一只巨大的眼睛，注视着几百万光年外的空间，它的雷达可以听到最遥远的星系里的轻声细语，它可以通过电子显微镜凝视人体里极小的微粒。人类的这个网络，地球上还没有哪种生物编织出来过。就像那只圆蛛，人坐在网络的中心，聆听着。有了知识，人类就能回忆起地球的历史，包括人类出现之前的漫长历史。就像蜘蛛的触角，人类触摸到了一个自己永远无法亲身进入的世界。即使是现在，我们也可以看到，借助机器，人类可以计算、分析、窥探未来，于是，模糊不清的未来也组成了这个网络的一部分。

不过，黄昏苍穹之下，这只蜘蛛仍然久久地萦绕在我的记忆里。蜘蛛在它的宇宙里思考——准备应对雨滴和飞蛾的振翅，除此之外，它没有更多的期待，绝不会想到有一支铅笔横空闯入。

说到底，人与蜘蛛有什么区别呢？人的思考能力，跟蜘蛛的思考一样，都有局限。我们一边在思考最近的星系，一边要面对各种威胁：有毒的真菌、战争、暴力和人口压力，一边在追忆曾经的伊甸园，可惜后者已经消失在美洲的热带雨林里了。现在，这个梦想再次召唤它，就像是来自月球之外的蜃景。我进一步想，人类编织网络——这也许是天性。

但是，我同时也想起那些巨噬细胞，它们在我体内熙熙攘攘；虽然身体早晚都会腐朽，但是细胞依然生生不息。如果说蜘蛛无法看到我的面孔，无法看到我是如何扰动了它的宇宙，那么，我们无法看到的又是什么呢？

我们常常沉醉于感觉的延展——事实上，我们的心智从冰河时代诞生伊始，在广袤的冰原上就开始了这种旅程——我们对此感到满足；不久之后，我们还要进军太空。仅仅凭借人的观察是不够的，哪怕是观察宇宙的边界；仅仅是掌握核能（就像掌握着一根长矛），或者看到闪电，或者看到远古和未来（人类早晚会实现这一点），也是不够的。如果我们继续这样做，人类的大脑只会重复老旧的圈套，而对于那些不知如何学习的野兽来说，自然界中充斥着这种圈套。

现在，我们要做的，不仅仅是通过电波来聆听星系里的噪音，也不仅仅是解码 DNA 双螺旋里的生命语言。这些仍是我们拓展后的感觉。在此之外，还有一个无边的黑暗，这是一位梦想家的作品，他也想象出了光与星系。在行动出现之前，在物质存在之前，想象在黑暗中生长。人类也是这个终极惊奇与创意的一部分。当星尘渐渐变成人体内涌动的细胞，我们似乎在追寻着什么，也许是一种无法把握的实体；让我们记住，经历了冰河时期的人类，凝视着科学的魔力与镜像，最后建构起了自己。显然，他来不是为了看到自己，或者他狂野的脸庞。他之所以出现，是因为他在内心深处是一个倾听者，且在追寻某个超越于自身之上的超验空间。他的追随者曾经给他起了许多名字，早在洞穴时代就开始了。人类，这个自我建构者，借助于天赋理性，变成了今天的样子。人类在不断地求索，如同亘古之初的那颗单细胞，不断求索那位神秘的创造者。

2

年轻人以利户，约伯的顾问和诤友，只是淡淡地提到了"教师"——我上文说到，人类的理性，正是这位教师赋予的。虽然这可能仅仅是对文字的情绪反应，但也许，今天的我们更习惯于把这位教师叫作"大自然"——无所不在，包容一切，既包括山谷里的蜘蛛，也包括我对它精心编制的宇宙的入侵。但是，大自然并非简单地等于现实。自然通过生命的形式，为未来做好了准备，并提供了可能方案。大自然富于教益，虽然它的教导方式隐秘又含蓄，正好比旋风里的那个声音，它斥责了约伯的无知，却没有回答自己提出的这些尖锐的问题。

几个月前，在附近的购物中心的一个有风的角落，我遇到了一只惊人的小生物。乍看上去，它好像是某种四肢较长、带着羽毛的蜘蛛，正从商店前门的屋檐下晃晃悠悠地空降下来。然后，它向风中一摆，带着点犹豫，落到了停车场里。一阵强风吹过，它马上又朝我这个方向奔来，细长的腿移动得飞快。

费了一番工夫，我终于看清楚了这个小东西，其实是一颗带有细丝的种子；它四处躲闪、小步快跑的样子像极了一只小动物。事实上，在被我抓住之前，它的确已经跑掉了。它纤细的四肢比马利筋的纤毛更硬，被风一吹，它敏捷地穿过了人行道。它就像一个蹦蹦跳跳、四处晃荡的土地精灵，背着一个隐藏的袋子——而且根据我的判断，这个袋子也是全新的：里面装着生命的语言。

一个全新的生命？年复一年，绿树似乎毫无变化，植物学家也许会对我的想象报以嘲笑。但是请容我唠叨一下。我打算讲一个故事，是我幼时的亲身经历。当时，我刚开始结交小伙伴，并对自己观察到的事情感到惊叹。我看到的这件事情，就是直接来自于这

位隐藏的教师，无论你怎么称呼她。

据说，在遥远的东方，印度教里有一位黑天神奎师那。在他幼年，母亲给他擦嘴的时候不小心从中看到了整个宇宙。不过，出于对她的仁慈，这幅宇宙的景象很快就被蒙上，她什么都看不到了。在某种意义上，这也是我的遭遇。有一天，我们学校新来了一个学生，他比我高一个年级。过了几天，这个少年在校长的陪同下，走进了我们的数学课堂。当我写下这些文字的时候，脑海里仍然能浮现出他的眼神，耷拉的眼角里透露出傲慢的神气。校长严厉地对我们训话：你们学习要更刻苦一点！

伴随着这样的训诫，校长在黑板上开始板书：一串又一串的数字，这是一些成年人做起来都不轻松的数学难题。整个教室的同学都看得目瞪口呆。等到校长板书完毕，这个少年悠闲地踱到讲台上，目光从我们身上转移到紧皱眉头的老师，似乎带着无尽的无聊感，然后迅速在黑板上写出答案，速度之快，好比今天的电脑。然后，他夸张地打了一个哈欠，大摇大摆地走出去了。

就好像那些前额突出的孩子，站在森林边上，手里握着最后一把石柄斧头——我目睹了一种新型人类的诞生，他们比教师更为优秀，他们的出现似乎就是为了扰动这个小男孩的心智，让我知道人外有人、天外有天，宇宙中居然还有这种熠熠生辉的数学奇才。那个少年，带着一些早熟的自负和傲慢的神色，跟着校长一个教室接着一个教室地来"鼓励"我们，希望我们这帮逊色的学生，能变成他那样——事实上，我们的老师也做不到这一点。他像个国宝一样被宠着，压根儿不会和我们一起在操场上玩耍。没过几个月，他的父母就把他带走了。

现在，作为成人回头来看这件事，我意识到，在那个场合，真正让我受到教益的并不是哪个人，而是大自然。大自然是如何对脑里 160 多亿个相互关联的神经元发生影响的，这超出了我的理解能力。或者，它就是从旋风里对约伯发出质问的古老声音——如果我们不喜欢"教师"一词里暗含的拟人意义，那么就叫它大自然吧。无论如何，我有幸目睹了生命世界里无尽的创造性——这种创造性似乎仍然变幻不定并充满了随机性，一如很久之前，带着黑色鳞片的大型爬行生物从壳中孵出——这些令人惊叹的创造物，即将蹒跚地登上历史舞台。

生命的模式无法长久地维系在生物体里，我们迟早会衰老、死亡。我们的身体，也是大自然的创造物，早晚也会归于虚空。直到最近，我们才开始窥探到生命密码的奥秘：生命所延续的，无非就是一团遗传指令，正如从我面前倏忽而过的那团滚动的种子。我们学到了生物学的第一个知识点：

在每一代里，生命都要重新穿过细细的针眼。生命曾经以分子的形式存在，你完全辨认不出成体的模样。这套分子编码了针对自身的指令，使它重新成为人或者爬行动物。随着时间的流逝，这种分子密码也出现了变异。偶尔，一旦物种消失了，就永远消失了，像翼手龙一样随风消逝。

或者，生命密码出现了微妙的改变，在无数的个体里随着统计规律波动，直到最后出现了某种灵长类动物，无论是外观还是基因都类似于尼安德特人。生命遗传的字母表，像真正的语言那样，纵横交错、不断演化，而且一旦开始，就无法再逆转方向。

如果自然的指令，如穿过针眼般，穿过黑黢黢的微观分子世界，穿过那个肉眼无法看到，时间流逝也不会让其衰败的领域，那么，可以说，人类文明的宏大结构也是如此。文明在代际之间传承，通过肉眼看不见的声音——语言，刻入陶土，形成文字。好比水塘边的泥淖里纤细的足迹，记录了许久之前到访的候鸟。这些城市废墟里的小石匾上，也记录了几千年前人类思想的萌芽。于是，这位教师就是社会大脑，但它必须能被压缩进微小的象形文字里；而且，那些让奇迹得以发生的心智，在信息奔涌的洪流中不断抹去自身，正好比遗传密码在生命演化的过程中一再洗牌，生生不息，循环不已。一个念头，好比一个突变，可能会在错误的时间被记录下来，像一个隐性基因那样潜伏着，等到时机成熟，重现生机。

　　偶尔，在考古学家掀开一块石板的一瞬间，他揭开了古墓里隐藏的惊人秘密，于是，少数几个人窥探到了独特的一幕：穿过那扇幽暗的门，人们得以重新目睹前人的生活，凝固的信息重新流动。有一次，墨西哥的考古学家鲁兹·惠利尔（Ruz Lhuillier），谈起他第一次揭开钟乳石下的巨墓的场景：在帕伦克的玛雅金字塔内，"从黯淡的阴影里，升起了童话般的景象，仿佛是来自另一个世界的诡异又飘忽的幽灵。就像是由冰川凿出的魔法洞穴，墙壁像雪晶那样闪闪发光"。当他举起火把，察看了其中的象形文字和浮雕后，他满怀敬畏地说道："一千多年来，我们是第一批目睹它的人。"

　　或者，当有人读到了某位不知名的法老的故事——他把心爱的一位女子偷偷埋葬到神圣君王的墓下——的时候，这份恻隐之心穿越千年，带去了一份史无前例的私人消息。

　　至此，我们一直在谈论的是这位神秘的教师，旧约里的那个从旋风里传来的嘲弄的声音。我们看到，在生物体的表象之下，充斥着腐朽与衰败。那里隐藏着一个微观世界，其中有更微小的核酸序列，以惊人的方式记录了有机世界的记忆。我们看到，人类的心智下意识地捕捉到了遗传程序编码的原则，并通过这种方式传承社会层面的记忆。每一个个体，就像社会里一个临时的细胞，都会消失，但是社会的组织结构却会长存——或者，即使它们发生变化，也悄无声息。这跟遗传程序的延续不无相似。

在这个世界上，生命依然年轻，远不如星系古老。因此，我们倾向于贬低合弓纲爬行动物（哺乳动物的遥远祖先）的作用，并相应地抬举我们智力方面的成就。我们不愿去思考，在那个旋风的眼里，人类，总体来说，可能比创世之初的生命形式更含混、更危险。

注意，我说的是人类总体（亦可理解为"群体"）。因为正是在这里，在人类群体里，信息的作用，以及每一个教师的作用——或许我现在应当说，所有隐秘的教师——开始变得越发明显，他们的指令也变得更加多样。逝去的法老，虽然不是有意为之，却通过一个意味深长的举动，成功表达出了这种印象：人类温柔的内心世界，并不仅仅局限于某个已经消逝的宗教。

像现代大多数的教育者一样，我采纳了学生的要求：他们要评估教师。我也听到类似的话语一再被重复，最终成了口号：30岁以上的人已经无法教育青年一辈了。我不禁思考，我们要如何评估逝去距今已千年之久的法老呢？他并没打算教育我们，但是，在少数有识之士看来，一个简单高贵的行为成功地为我们树立了楷模。

多年之前，一位日后注定要成为国际知名人类学家的学生，正坐在语言学的课堂上，听着他的老师，一个颇富智慧的人，描述希伯来语的语言学特点。那时候，这位年轻的学生，在家人的催促之下，正在考虑是否要从事神学研究。当老师的授课开始逐渐深入的时候，这位坐在后排的学生，激动地插话道：

"我相信我知道这一点，先生。它跟莫西干语的状况非常类似。"

这位语言学家停了下来，扶了扶眼镜。"年轻人，"他说道，"莫西干语是一门已经死去的语言。自从18世纪之后就再也没有这方面的记录了。少吹牛。"

"可是，先生，"这位年轻的学生热切地回应道，"它不可能已经死去，因为我认识的一位婆婆还在讲它。她是一位佩科特-莫西干后裔。我从她那里学到了一点点词汇，而且可以跟她交谈。在我小时候，她照顾过我。"

"年轻人，"这位神色严肃、作风老派的学者说道，"今晚6点来我家吃饭，我们细聊。"

几个月后，在老师的悉心指导下，这位年轻人发表了一篇关于莫西干语的论文。在此之后，他又陆续发表了一系列论文，探讨了美国东北部森林里的印第安人被遗忘的语言与文化人类学。受这位教师的影响，他从此改变了职业道路，转向了人类学研究。但是，到底谁是老师呢？年轻人自己？他的语言学老师？还是那位如此渴望听到本族人的声音，以至于用一种即将消亡的语言对着一位牙牙学语的婴儿讲话的婆婆？

后来，这个年轻人成了我的教授。从他身上，我学到了许多东西，虽然我不得不承认，他早已不再是年轻人了。大多数时候，我们都是在学校里一家光线暗淡的餐厅，边喝咖啡边聊天。聊的内容都比我们要早几个世纪。我们共同的兴趣包括蛇、壳骨占卜术，以及远古森林猎人的其他已被遗忘的仪式。

我一直对他抱有极大的敬意，认为他出类拔萃，是一位隐秘的教师。但可惜，现在想来，这已经是非常老派的想法了。无论题材有多老旧或另类，我们从未抱怨过它们不切实际。我们总是迫不及待地要参与进去。他是一名皮划艇好手，我们几乎在一次激流探险中丧命。我从他身上汲取了许多教益，直到今天也未曾全部用尽。事实上，多数教益根本没有用武之地，但是它们似乎潜移默化地影响了我的一生。我跟这位老教授似乎是一路人，就好像，他是隐秘森林的自然之子。

不过，还有其他教师。比如，在狩猎采集的初民那里，有一些动物会在梦里与先知交流。在古希腊，那些超自然的恶魔站立在床头，由这人赤裸裸地躺在那里侧耳倾听——有时甚至是可怕的内容。"你要开始睡了，"这位信使一遍又一遍地说，仿佛那个听到咒语的人在发出声音，"你，阿基里斯，阿特柔斯的儿子，你要开始睡了，睡吧。"说完，这个恶魔就消失了。

我们当代人，对梦的了解稍多了一点。我们知道，梦可能是内心的教师和疗愈者，也可能是预言灾难的先知。有人曾说过，伟大的艺术是人类夜晚的沉思。它可能从潜意识的深处悄无声息地浮现，好比超新星在遥远的太空里突然爆发。宇航人员可以对这样的事件进行事后分析和测算，但无法解释它们的出现。

我有一位作家朋友，青年时离家出走，一去不返，然而家人在此期间相继去世。等到人到中年，他跟我说起了这段痛苦的往事，尽管他百般不情愿。当时，他在写一部小说，其中不无自传体情节。一天晚上，他做了个梦，梦境清晰、迷人，细节逼真。

这是一个寒冬的深夜，地上是厚厚的积雪，他发现自己在匆匆赶路。他沿着一条熟悉的小路向前走，穿过一片消逝已久的果园，尽头是他童年的家。他越走越近，房子一团漆黑，寂静无声，但是，在梦境中，他走上了台阶，透过暗暗的窗户打量自己的房间。

"突然，"他事后跟我讲，"我感到了一阵强烈的情绪，混杂着排斥与渴望，想要把脸贴在玻璃上。直觉告诉我，他们都在里面，在等着我，但是我怎么也看不到他们。我对父母的感情其实是爱恨交织，但是窗户里太黑了，我什么也看不见。踌躇了片刻，我擦亮了一根火柴。一瞬间，在冰冷的寂静中，我看到了父亲的面孔，但迅即消失。母亲也在那里，脸上带着她步入暮年之后深深的、崎岖的皱纹。

"我感到一阵愤怒，怒气击碎了我的懦弱。我一手护着火柴，一边继续前进，走到离玻璃更近的地方。眼看火焰就要熄灭，我的脸也马上贴到窗户了。然后我猛然发现，正如只有在梦境中才能出现的那样，我看到的其实是我自己在黑色玻璃里映出来的影子。那根本不是我父亲的脸，而是我自己的脸。母亲脸上的皱纹逐渐融化，变成了我的脸庞。火柴熄灭了。我从梦魇中醒来，大汗淋漓。我当时正在一个偏僻的港口，正值黎明时分。远处，可以听到海浪拍打礁石的声音。"

"那你是怎么解释这个梦境的？"我问道，小心翼翼地隐藏起自己的颤栗，往沙发后面靠了靠。

"它让我明白了一些事情。"他缓缓地说道，脸上露出一种同样缓慢且美丽的神色，皱纹似乎也渐趋平缓。

"你后来又再梦到过这个场景吗？"我问道，想起自己也有类似的经历。

"不，从此就没有梦到了。"他说，然后犹豫了片刻。"你看，我明白了那只是我自己，但还不止于此；我明白的是，我就是他们。这一点非常重要。虽然为时已晚，但一切都已尘埃落定。我明白了。我的生命行将结束，但是我明白了。我希望他们也明白。"说完，他就陷入了沉默。

"这真是极好的教益，"我说，"你一直在寻找某种东西，而且你终于找到了。"他点点头，不再说话。沉默了片刻，他补充道："这些教益来自一个坟墓，于我而言的坟墓——我的脑海。"

回来的路上，走在阴暗的街道，我还在回想着朋友的经历。我在想，也许，人类代表了造物的一个终点。人类能够创造出世界之网，却无力将其拢集起来，也无力拯救自己，除非突破自己的形象。因为说到底，在终极奥秘面前，他塑造的只是他自己。也许正因为如此，我们才需要打开倾听之网：通过这些知识，我们才能超越我们的过去、我们的弱点，在黄昏来临、起身行走之前，更接近黑暗中的那位梦想家所希冀的样子。一本旧书里记载过，有一位隐藏的教师，我们都活在他手心里，但我们应当是什么样子，书里并未明言。

第四章
掷海星的人

如何是佛？颅内法眼。

——重显

虽然我自己是一位老师，但一直以来都不太走运，我并没有直接师承于任何人。有几次，当我以为自己从天空，或者从书本，或者从我的同龄人身上，学到了一点什么，但最终，我的感觉都有所欠缺，或者被彻底否认。尽管如此，我还是要大胆地说，对于人类的可能性，我也有一些短暂的印象，并非身处人群中时，而是清晨时分当我走在波浪拍打着的海岸线的时候。一如既往，在洞见来临之前，这里有一种明显的断裂，一种大自然里的分裂。这个可怕的问题必须要转化成一种更为可怕的自由。

为了说明上述段落对本书有何种意义，我们要从科斯塔贝尔沙滩说起。正是在那里，我的认识跨越了一道未知的深渊。借用佛教里的一个表达，我会说它始于骷髅与眼睛。我就是那个骷髅，被无情地剥去了骨架，失去了声音，失去了希望，孤零零地在世界的海岸上游荡。我没有遗憾，因为有遗憾就代表仍抱有希望。就在那里，这个风干的骷髅里，只有一只眼睛，如同法洛斯之光，岛上的灯塔，无论是在暗无天日的白昼，还是在漆黑一团的夜晚，灯光都在不停地转动。思绪像成群的昆虫，集拢在灯塔发射的光线里，但是光线却把它们吞没。到了世界的海岸上，意义消逝了。仅剩死去的骷髅和不停转动的眼睛。有人曾说，科学就是带着这只眼打量这个世界的，我不知是不是这样。我唯一知道的是，我就是那个空洞的骷髅和不停转动的、冷冷的眼睛。

有一次，在镇上一个光线晦暗的餐厅里，我听到旁边一位女性说道："我的父亲可以从鹅骨里预判天气。"我当时在想，这可真是当代迷信，这位预言家用的方法比英国的巨石方阵还要古老，可能跟北极森林一样古老。

"他是在哪里做的呢？"她的同伴狡黠地问道。

"在科斯塔贝尔，"她不无得意地说，"科斯塔贝尔。"她的声音传过来，在旋转的眼睛下嗡嗡作响了一阵子。这的确说不通，但科斯塔贝尔的怪事也不止这一桩。也许我也是因为这样，才来到了科斯塔贝尔。也许，所有人在某段时间都像我这样，注定要来这里。

我来到这里的方式并没有什么特别之处，但是，我仍然是那个带着眼睛的颅骨，藏匿于一顶渔夫帽和一副墨镜之下，我跟海滩上其他人看起来没什么区别。在科斯塔贝尔，事情就是这么安排的。就在这海岸线上，那个旋转的眼睛开始发光，在骷髅内的空虚黑暗里，传来了呢喃之声。

　　科斯塔贝尔的海滩上堆满了生命的残骸。风干的贝壳连成线；一只寄居蟹，似乎曾向深处摸索新的家园，如今只在岸上裸露着，被四周盘旋的海鸥啄成碎片。沿着潮汐线，在海水与沙滩交界之处，布满了形形色色死亡的痕迹。即使是海绵脱落的绿色碎屑，也有蠕动的生命，它们奋力游回大海，那个曾经滋养、保护了它们的伟大的母亲。

　　最终，海洋拒绝了她的后代。它们无力对抗一阵又一阵的海浪，最后也回不去家，又被拍回海岸。海星的微小气孔里，灌满了沙子。在太阳的照射下，那些没被保护起来的软体生命开始枯萎。海滩上的战争无休无止，但除了海鸥，你听不到任何呼号。

　　在夜晚，特别是在旅游旺季，或者是在大风暴来临前，你会目睹到另一番趁火打劫的活动。在傍晚退潮前的一个小时，你会看到，海滩上出现了许多手电筒，像萤火虫一样忽明忽暗地闪烁。这是那些职业的采贝人出来工作了，他们要来捕猎这些温驯的海上生物。采贝人之间也会竞争，带着一股贪婪的狂热劲头。在风暴过后，你可以看到他们你追我赶，手里提着一串一串收获的海星，或者背着一袋袋的扇贝——其中的生物可能会被送到附近的旅馆，被烹饪，或者在热水壶里煮过之后成为标本。在看过这幕大戏之后，我遇到了那个掷海星的人。

当潮水开始退去，睡眼惺忪的我能看见海滩上的手电时，我便起身，摸黑穿上衣服。在我沿着楼梯走向海滩时，我可以听到浪花的咆哮声越发低沉。扩张的洞，夹杂着翻滚的沙子，一下又一下地刺向堤坝。溅起的沙子，轻如粉末，四散飘落，仿佛是雪。我摸索着，绕过了边缘已被冲刷到变形的洞穴，继续着我在海岸上的晨间漫步。时不时地，一个身材罗锅的阴影经过，或者，一阵疾雨刷刷地袭来。我恍惚有一种感觉，在身后的东方，有光照起来。

很快，我开始能看见周围的一切——被风吹倒的树木、海螺，以及因远处的海带丛而失事的船只残骸。一只有粉色爪子的蟹，包裹了一层杯状的绿色海绵，惬意地平躺着，随波飘荡。到处洒满了伸着长长爪子的海星，仿佛从天而降。我稍稍愣了一下。一只小小的章鱼，深色动人的眼睛上粘着沙子，正透过一丛褴褛的触手，远远地盯着我。我犹豫了一下，然后用脚轻轻碰了碰它，才发现它已经死了。于是，伴着阵阵波涛，我沿着海岸继续前行。

绕过悬崖，迎面是猎猎海风，前方的海岸更为险峻，海浪更为凶猛，听上去也更危险。现在，我离那些采贝者已经很远了。我在沙滩上大步前进，脚印很快就被海水抹去。过了下一个转角，可能会有一个避风口。身后，太阳正要紧贴着地平线升起，在翻滚的乌云中间露出一丝似乎不祥的红光。前面，在突出的一角之上，突然出现了一道彩虹，巨大、几近完美。在彩虹的脚下，隐约可见一个站立的人影。在我看来，他似乎是站在彩虹里面，虽然我不清楚他的具体位置。他正一动不动地盯着沙滩，似乎有什么东西吸引了他的目光。

　　终于，他身子一弓，把一个东西远远地掷向浪花。我朝

　　　　　　　　　　　　　　　　奇异的宇宙

他所在的方向步履艰难地跋涉了足足半英里，等我走近时，彩虹已经后退到更远的地方了，但是彩虹斑斓的色彩依然映照着他的面孔。他再次弓起身子。

在沙滩上一个缝隙形成的小水洼里，一只海星正直挺挺地伸出它的触手，努力让自己的身子避开令它窒息的泥巴。

"它还活着。"我试探性地说道。

"是的。"他说，然后飞快地捡起那只海星，将它扔过我的头顶，远远地抛入大海。浪花很快吞没了它，海水再次咆哮起来。

"如果退潮的海水足够强，没准它还能活下去。"他温柔地说道。他古铜色的苍老脸孔上依然映照着彩虹的光，并且不断变幻着颜色。

"不是每一只都能这么走运，"我突然尴尬得无话可说，"你收集它们吗？"

"只有像这样的，"他轻声说着，向海滩上的残骸中央比划了一下，"只有那些还活着的。"他再次弓起身子，向海水里又掷出一只海星，完全不在乎我的好奇心。

"这些海星扔起来不难，要帮它们很容易。"他说。

他转头看了我一眼，带着一丝疑惑，眼神似乎深如大海。

"我从不收集。"我不安地说道。在海风的吹拂下，我的衣服猎猎作响。"无论死的活的，很多年前我就放弃了。死亡是唯一的收集者，是一切的归宿。"我能感到头颅里深深的黑暗，可怕的眼睛又漠然走上了它的轨道。我点点头，走开了。他还在海滩上，头顶上依然是那道巨大的彩虹。

快走到海岸拐角的地方，我回过头，发现他还在扔着海星，很熟练地掷向咆哮的海水。有那么一会儿，在光影变幻中，他似乎变得高大起来，似乎在向一个更巨大的海洋掷出更大的海星。无论如何，他的姿态里仿佛带着某种神秘的威严。

但是，又一次，那颗冷眼，在我的头颅里开始骨碌碌地转起来。我冷冷地想，他就是一个人，别想太多了吧。掷海星的人也只是一个人，在世界上的任何一个海滩上，死亡都比他的力量更强大。

我扶了扶墨镜边框，伪装完毕后，缓步走过收集海星、收集贝壳的人群，他们手持简陋的铁锹和长柄的炮击钳，这样，他们从沙里夹取东西时不必弯腰费力。但我独独盯着蒸腾着热气的水壶，在里面，美丽却无声的生命正在被活活煮沸。墨镜下面，我的眼里似乎开启了某种连祷文，久久不散。"我，如是这般地穿过沙漠；如是这般的我，穿过沙漠；穿过沙漠，我如是这般。"

回到自己的房间，我摘下墨镜，在黑暗里安静地躺下，可那只眼睛还在不停地转动。有一位老僧曾对一位旅客说过：在沙漠里，神与魔的声音殊难分辨。科斯塔贝尔就是一个沙漠。我静静地躺着，但是我的手却无法老老实实地待在床边，它们摸索到了一个隐秘的深渊边缘。某位作家的洞见忽然映入脑海，"有些海湾，就是因海难而生"。怀着九死未悔的决心，我来到了这里。

2

我们出生地的地质特色会塑造我们的世界观：如果生在平原，我们也许会把世界想象成一马平川；如果生在崇山峻岭，想象可能就会大为不同。在后一种情况下，悬崖峭壁是寻常风景，战战兢兢、如履薄冰也是人之常情。

我们的心智，类似于地质特色，也有诸般的差异。人类的史前生活，可以说，就是始于阴云密布的丛林世界。在那里我们放弃了自然赋予的追求安全的本能，转而在自生的想法中追求冒险，如同在火山堆积出的陆地和冰川雪原中求生。经过奋力攀爬，我们终于从迷宫般的荒山野岭走到了平坦的科学平原。这里，每一步似乎都在取得进步，宇宙似乎呈现出某种既定的秩序。人类几百年来信奉的假象，被过去与未来的巨大远景所代替。岩石上雕刻的眼睛向我们讲述的是永不偏离的日光，哈雷彗星的椭圆形轨迹再也不预示着任何灾难。地球在一个寒冷的星际虚空中漂流，天地万物几乎都已被测量过。

不过，唯一的例外是人类的心智。自从孩提时代，我就习惯了在不同科学分支的无尽疆域里探索，就像我的身体习惯了在平原地带活动。现在，回头来看，我竟忽略了这片大陆上的一个显著特征，并完全没有意识到它的重要性——我们当地人称之为"龙卷风"。这是一种回旋的、会跳跃的、漏斗状的风，可能会突然出现，疯魔般地碾过乡村城镇，摧毁风车、房屋等建筑。有时，也会出现那些更小的、破坏力更低的变种，叫作"小尘暴"，它们可能会轻柔地旋转舞动，波及数千米。在某个炎炎夏日，我们可以看到这样的小尘暴，试探性地在盐碱滩上走走停停，它们高大旋转的风柱，似乎正在寻思：要不要进一步发展，变出更可怕的形状？在这些本来适宜行走的地貌之中，它们是搅局的小丑。

虽然这些灾害气象只偶尔光顾一次，平原上谨慎的居民都在家里预备了地下防风洞，以避风患。不过，在我小时候，我们的左邻右舍不太注意这些预防措施，大家仅仅满足于龙卷风的传说故事与天气预测的风云变幻。小时候，我对这些龙卷风的故事很是痴迷，而且醉心于地下洞穴，甚至一度尝试自己动手挖掘防风洞。像大多数类似的工程一样，一个也没有竣工。现在，我意识到，我的父母正是因为这些气象活动难以捉摸而被深深打击到了，以至于理所当然地拒绝任何预备工作。在潜意识里，他们可能已经得出了这个结论：预防工作只会引起某些恶灵的注意，招致它们的报复，特意惩罚那些自以为是的策划者。直到多年之后，我才意识到，这样一种邪恶力量，不仅存在于尘暴横飞的外部世界，也存在于人类的心智里。

自从宗教出现的远古时代，人类便一直被一种隐藏的二元论——善与恶的冲突——所折磨。在科学昌明的现代，这种二元论以新的面貌持续存在着。它变成了无序与结构（或曰混沌与反混沌）的冲突。演化理论兴起之后，"结构"开始表现出一种虚幻的特征。我们外在的形态，不再具有神圣法令的稳定性。相反，它们开始摇摆不定，变得难以捉摸。向源头回望，我们发现了一个逐渐收缩的、锥形的生命演化历程，直到无法再用语言描述，所知的一切都变成一只两栖动物脑里简单的脑回路。最终，感知能力始于浮游动物。

或者，我们起而反抗，拒绝深入探索，但是空虚仍然存在。我们像个布偶，是由许多年代、许多层皮肤叠成的调换儿，我们曾在树上的鸟巢里栖息过，也跟着两栖动物爬行过。我们扮演这些角色的时间，要比我们成为人的时间更久远。我们的身份认同是一场大梦。我们是过程，并非现实，因为现实只是白日里的一种假象——尤其是在今天。再过亿万年后，我们可能成为化石，缄默不语；或者，像过去发生的那样，以某种崭新的形态重新出现。在我们体内，两种力量在鏖战不休：一方是淹（Yam），在最初宗教经文里出现的那个古老的海怪；另一方，是起而反对它的几缕人形光亮，轻盈起舞，让人留恋，心生向往。"我若要他等到我来，要你何干？"一则流传至今的传说，记载了耶稣对流浪的犹太人的训诫。这句话也适用于我们所有人。在人类的灵魂深处，隐藏着一则类似的禁令，它已经跟我们身体的寿命没什么关系了，而更像是一则吁请，等候某种超自然的道理在我们心智里出现。

但是，我们面对的事实似乎故意在与我们作对，令人眼花缭乱，晕头转向。在我们身后，似乎隐藏着一个蒙着面的、恶魔般的骗子。很久之前，我在原始人遗迹里看见过这样的角色。那是一个出现在最虔诚的宗教祭奠上的小丑。他从不发笑，甚至一声不吭。他一身纯黑，默默地跟在主持仪式的神父身后，亦步亦趋，表情庄严，甚至略带一点夸张。他一丝不苟、兢兢业业的神态要比单纯的嘲笑更为可怖。

用现代的词汇来说，灰犀牛、黑天鹅——那些偶然、意外、无法预料的事件，让我们惴惴不安。我年轻的时候，平原上那些注定出现的尘暴，仁慈地与我擦肩而过。在目睹簧火表演的时刻，我确切地知道，那些原始人曾经在阴影下生活过。他曾经默许了一位宇宙信使造访过他的村子。也许，原始人比我们现代人更明白如何应对这狡猾的宇宙。也许，他们知道如何应对或躲避闪电，而我们却不知道。

无论如何，当我半懂不懂地看着跳跃的火焰旁的故事，我目睹了人类从占卜中解读自己灵魂状况的努力，现代人也不例外。此后，我这个满心惶恐的不信神的人，走入了黑夜。从此，在我身边总有一道甩不掉的阴影。我知道，它就在身后，而且还是摆出那副高高在上的样子。我写作的时候，那个巨大的阴影也在嘲笑着我。它用刻薄的笔调潦草地涂画，龙飞凤舞。直觉告诉我，在我临死之前的静穆片刻，它一定会前来大肆讽刺一番，虽然在过去的 25 年里，它一言未发。

黑暗魔法，那种来自原初混沌的魔法，遮蔽或者彻底改变了事物的真正理型。在午夜钟声敲响的时刻，公主必须逃离宴会，否则她灰姑娘的身份就会败露；四轮马车也会变回南瓜的模样。在这个世界的核心之处，一切都在流动。事实上，民俗故事早就以其神秘的远见卓识，用意象窥探到了19 世纪宣称的本体论，即，理型是时间维度里的一个假象，故事里的主人公有魔法般的飞行力，或者是通过青蛙的皮肤，或者是通过狼的外衣。一直以来，这都是人类异想天开的乐园——过去如此，未来依然如此。

早在达尔文的《物种起源》出版之前，歌德就凭借其天才的直觉，意识到了生物演变——物种与其变化的恒久斗争——的主题与反题：用现代的语言来说，鱼变成了爬行动物，猿猴变成了人。这种变化的力量既是创造性的，又是毁灭性的——这是一种不祥的本领，如果不加约束，它会趋向于理型消失、可能性湮灭的混沌状态。与这种力量相抗衡的，只能是另一种趋向于特殊性的力量。理型，一旦出现，便会死守住其独特性。每个物种和每个个体都紧紧留住当前的本性，保有其创造性的力量，弃绝在代际之间传承的不可见的混乱。过去已经消逝，当下还在持续，未来只是一种潜在的可能性。在这种似是而非的真实的当下，生命努力维持着既有的每一种形态、每一个个体。生命终究会失败，但这种不定型的湍流会停下并分岔出新的生命形态，虽然可能今非昔比。

演化生物学者，透过短暂稳定的表象，发现了生命形态基本器官里遗留的残迹。他们发现了鸟羽毛下面的爬行动物，还有大型鲸目脂肪下面逐渐缩小的陆生四肢。他们看到，缤纷的生命似乎从一个不知道的源头涌出，与此同时，今天的天文学者正感到星系涌入无垠的黑暗。伴随着旋转的星云，恒星和世界不断地跨越暗夜，生命也在生殖细胞固有的离心力的作用下，不断地透漏出离散的意识之光，穿过世界的灌木丛，悄悄地释放出新的生命形态。

所有这些迂回曲折的方式，都暴露在那隐藏在科斯塔贝尔沙滩上、没有逃离颅骨里的那只不停旋转的眼睛的注视。慢慢地，这只眼睛感到了另一只眼睛的存在，后者以同样的洞察力，从房间的阴影里寻找它。第二只眼睛也许是颅骨里的心智的投射，但是无论如何，它相当明显，而且令人过目难忘。一开始，它只是某种绿灰色的，包裹在一团胶黏的藻类之下的东西，什么都看不到。突然，它发生了变化，变成了我在沙滩上遇到的那只死去的头足纲动物的沾满沙子的眼睛。我越是集中注意力，这种变化就越是迅速，而且变得更加可怕。我想起了童年时代遇到的一只被打死的动物和它布满血丝的眼睛。最后，有一只好像是从照片里撕下来的眼睛，但它凝视我的目光，就好像已经越过了虚无的边界，并接纳了深渊里所有的恐怖图景。我再次陷入床上，头埋进枕头。我认出了那只眼睛，认清了状况，也知道了问题所在。那是我母亲的眼睛。她已经去世多年，我再也回不去了。

3

也许有人会问，既然知道这个海滩经常发生海难，为什么还有船要来呢？这就好比我们会问追求知识的人类，为什么最后留下的是颅骨里面一束不停旋转的探寻的光，而它只会照到海边的灾难或者零碎杂物？答案是有的，不过它不是来自科学的平原，因为关于遥远深渊的科学已经不再为人类提供庇护。相反，科学揭示出人类是无家可归、前途未卜的存在，如梦幻泡影，是变动不居的传承，是一种要经历魔法航程的创造物。

很久之前，当未来还是简单的明天的时候，要预测未来的走向，人类就对着精心雕刻出来的猎物石像施加魔法，或者追索一只被烧死的野兔的肩胛骨的裂缝。对明日的打猎进行预言，就好比老农场主试图从一只鹅的胸骨上预测明天的天气。自古以来，这类解读自然的古怪年历，似乎足以满足人们的需要。但现在，人们不再这么做了，也不再向捕猎到的动物的灵魂表示歉意。终于，捕猎者走出了那个围绕着小村子的、令他们心满意足的超自然世界，来到了一片更开阔的地带，前方居无定所，道路陡峭险峻。这是无可名状的自然世界。在这里，工具愈发向制造工具的人进行报复，未来变得无法控制了。在人类的旅途中，他们来到了一片自由之地，但这种自由却令人望而生畏。

这里没有传统意义的庇护所，只有少数在工具的加持下建成。即便是这些庇护所，也开始获得某种独立于人的地位了。这里的路径变得更为隐秘、更难以捉摸。今天的科学，要比萨满法师向灼烧后的野兔肩骨施加的咒语更为强大。它可以创造出这些工具，却还没有成功控制这些工具模糊的本性。此外，这些工具非常轻易地就屈服于我们轻举妄动、半途而废的习惯，而这也是我们继承于灵长类动物的特点之一。

我们得以在魔法丛生的密林里存活下来，全靠我们的弱点。一旦我们掌握了幽昧疆域的力量，情况立刻发生了变化，正如在女巫的房间里，东西开始四处乱飞。我们使用的工具，甚至科学本身，跟人的本性里潜在的捣蛋鬼有着隐秘的关联。人类与自然世界走得越近，他们的行为就变得愈发难以预测。每一次令人目眩的启示之后，都有一个巨大的阴影在手舞足蹈。它就好像是牧师背后的那个黑色小丑，被放大了无数倍依然清晰可见。不过，有一点不一样。这些阴影逃过了所有人的注意，没有哪种社会仪式能妥善地遏制他们的装腔作势，比如那捣蛋鬼的警示舞。相反，大多数人之所以没有看到阴影，是因为阴影如此巨大、如此真实，以至于大幅增加的黑暗险些要吞没承载它的光。

也许有人会说，是达尔文、爱因斯坦和弗洛伊德释放出了这些阴影。不过，人类已经进入了这块是非之地，从此与其命运紧紧纠缠。400 年前，弗朗西斯·培根已经预见到了科学的两重性。作出这些发现的个人并不重要。如果不是达尔文、爱因斯坦和弗洛伊德，其他人早晚也会作出他们的发现。他们是好人，是人类的启蒙者。悲剧仅仅在于，在他们的身后，那个爱捣蛋的小丑是隐匿的，再也没有什么事情能制服人类的骄傲了。世界一度臣服在大自然的魔咒之下；现在，人类是世界的主宰。

人类突然迷上了光，并开始幻想自己在反射光。进步成了他的格言，而且一段时间以来，阴影似乎也在后退。只有少数人猜测到，黑暗的隐退其实代表着一种新的更难以掌握的威胁即将到来。用 G. K. 切尔斯顿的话说，事物一旦被计算，便会变得无法估测。人类的力量是有局限的，但他向大自然释放的力量却意识不到这种局限。它们是一位业余巫师召唤出来的怪兽，却无法再被收回。

我们可能会问，如果我们追溯这些可能会带来灾难的发现，它们最初的本质是怎样的？当然，其中最重要的一点，我们也已经提到了：人们发现，生命世界是一个彼此关联、不断演化的网络。维多利亚时期的伟大的生物学家观察到了这一点，却又不愿理解形式与混沌之间的斗争。而诗人歌德，早就在大自然看似温情脉脉的表面之下洞见到了背后的冲突，他深谋远虑地称之为"上天赐予的一个危险的礼物"。

与此相反，达尔文，这位笃信生存斗争的门徒，尝试在一个纷繁的河岸边想象大自然里静悄悄的、永无停息的战争。尽管如此，他仍然带着一丝隐蔽的自满暗示道，人类可以"稍有信心地去展望一个同样不可思议般久长的、安全的未来"。就在《物种起源》的同一页，他观察到，"现存的物种，很少会把后代传至极为遥远的将来"[1]。他没有注意到这里的矛盾之处；他压根就不想。此外，达尔文认为，生存是纯粹的自私的斗争，任何对另一个物种有好处的事情，也一定首先对己方有利。

他争辩道，如果任何一个物种是纯粹为了另一个物种的益处而出现，"那么我的理论将被彻底否定"。虽然有据可查且不断被完善，但在今天的生物学家看来，饥荒、战争和死亡并非像达尔文所设想的那样，并不是促成生物演化的唯一途径。这个主题既复杂又微妙，限于篇幅，我无法在此处展开论述。但就当前讨论的问题而言，可以说，黑暗洞穴与棍子的形象在人类的思考中如此根深蒂固，以至于在我们这个时代，它们被认为代表了人类真正的形象，而且附和这类观点的书可谓是汗牛充栋。

从达尔文主义里包含的主题与反题，我们再看弗洛伊德。普罗大众都知道，像达尔文一样，这位洞察人类内心世

1　该段引述的达尔文的论点，来自《物种起源》，第十四章，倒数第二段。——译注

界的大师，揭示了貌似安全、稳定、开明的心智其实也是一个充满纷争的是非之地。在这里，有鬼魅一般的变形、一闪而过的夜影、畸形的调换儿，和各种想象出的事物，它们和达尔文面对的自然世界里的事物一样真实。因此，作为颅骨和眼睛，我来到科斯塔贝尔，这片海难多发之地，实在是命中注定。如果不是因为我的潜意识深处有一种暗黑的、唯恐天下不乱的冲动，那该怎么解释我对这个词语至今念念不忘？我躺在床上，闭上双眼，脑海里再次浮现出照片里的逼人目光。

　　故事是这样开始的：在离家多年之后，我终于乖乖地回到了老家，那时房子的上一任住户已经搬走了。在那满是灰尘的阁楼里，堆着一些杂物——几个老旧的旅行箱、一个破损的鱼缸，还有一堆灰暗的化石与贝壳，是我小时候收集的。在那里，我发现了一个小背包，年代久远，已经破旧不堪了。从背包里，我翻出来了一把折刀和一个 20 世纪初流行的鼠形女子发饰。在这些东西下面，埋着一堆老照片和一张纸条——确切地说，是两张，显然是在不同的时间丢进包里的。两张纸条上，有一行瘦削娟秀的花体字，重复强调着一条作者认为很重要的信息："这个书包属于我儿子，洛伦·艾斯利。"这就是最后的留言。我认出来了：那把折刀是我小时候用过的，那个发饰是母亲的。此外，还有一双头特别尖的时尚高跟鞋，看起来像是为正式的宫廷舞会准备的，虽然我很清楚，我母亲一辈子也没有这样的机会穿它。我解开了一本捆扎得好好的影集，包扎的绳子几近风化。

照片里大多是一众留着胡须、一脸严肃的男子，和衣着考究、层层包裹的女子，行头和神态都照着老派摄影的规矩，一丝不苟。照片里没有标出任何人的名字，但还是可以看出一些相当明显的家族特征。最后是一张稍微不那么正式的照片，摄于19世纪80年代，同样没有人名，但是照片背后有一个公司盖章，标出了地址：艾奥瓦州，戴尔斯维尔。我从来没有去过那个地方，但我瞬间就明白了——那是我母亲的出生地。

戴尔斯维尔，一个念头闪过我的脑海，让我第一次意识到：这是一个相当不寻常的地方。我马上认出来照片里最边上的两个姐妹，妹妹畏畏缩缩地依偎在姐姐身上。妹妹也就是6岁，我想，目光很快就从她的面孔上移开。她的痛苦，和我的痛苦，就由此开始。照片里的眼睛已经显得有些隔膜，似乎被内心的慌乱蒙上了一层阴影，身体的姿态也显示出某种不食人间烟火的凄惨。凝视里有一种沉默且孤独的先知的模样，分明表示这个孩子品尝过难以忍受的淡漠，而且知道即将面对分离。

我把笔记本和照片放回了书包。最后的一条信息来自戴尔斯维尔："我的儿子。"照片里的孩子活了下来，并无师自通地成了一名草原艺术家。她是个聋子。终其一生，她都在神经崩溃的边缘徘徊，那是始于这个老旧阁楼的漫长受难。我蹒跚地走下楼梯，走出门外，在街上漫步了好几千米。

此刻，在科斯塔贝尔，我再次戴上墨镜，但是那张破旧照片上的面庞历历在目。就好像我这个凡夫俗子被迫要面对宇宙本身，这几乎是无法承受的沉重。"不要爱世界"，圣经里有言，"和世界上的东西"。脑海里那束旋转的光停下来了，似乎有声音在对心智低语。终于，出现了一段彻底的静谧，似乎在等待着宇宙的末日审判。那只眼睛，那只被痛苦折磨的眼睛，在打量着我。

"但是我的确爱这个世界，"我对着空空荡荡的房间里并不存在的人影说道，"我爱那些微小的事物，那些被丛林规则打击的事物，那些飞鸟，它们飞来、歌唱，然后一去不返。"那只眼睛依旧居高临下地注视着，我哽噎地说道："我爱那些迷路之人，我爱这个娑婆世界里的错误。"这好像是在重申我的科学遗产。那只眼睛不无悲伤地审视完我，便离开了。就这样，非常偶然地，我跟自然界的最后一个伟大的裂谷碰个正着，而那道无情的光束已不再笔直地穿过我的头颅。

但是，这不是一道裂谷，而是一种汇合：某个物种爱意的表达穿越了物种的藩篱，这个物种同样是通过达尔文意义上的生存斗争出现，并且从在那个纷繁的河岸上发生的悄无声息的战争里幸存了下来。"自然没有恩惠可言"，工业革命早期的一个新锐哲学家曾经不无严厉地写道。尽管如此，经由战争、饥馑和死亡，零零星星的仁慈依旧延续着，就像一个突变的生物体，属于它的时间尚未到来。我看到过那个掷海星的人跨越了裂谷，而且通过他的行动，他再次重申了人类的一项权利：为自己定义前沿。他来到了自然事物的天涯海角，甚至跨越了边界，就好像在某一点上，有一种超自然的力量，在一瞬间，犹疑不定地触碰到了自然之物。

从一个看似空洞的宇宙深处，出现了一只眼睛，就像我房间里的眼睛那样，但是尺度却大了许多。它向外所凝视的对象，我只能说，是它自己。它寻遍了天际，寻遍了存在的深处。最后，它终于从暗夜的深渊里腾空而起，赋形到了人类身上。虚无一度奇迹般地凝视着虚无，但并不满足。这是它向大自然的一次入侵，或者说是大自然发出的一次投射；无论如何，都是史无前例的事件。简言之，这种行为是从绝对虚无的疆域里作出的一种价值断言。一团混沌旋涡中的分子，成功与创造它的宇宙对质了。

终于，在这里，裂谷超越了达尔文纷繁的河岸。因为岸边出现了这样一个生物，在斗争中降生，却会伸出同情的援手。某些远古的、有着无穷耐心和智慧的生命，四散分布在天体场的角落，或者在星际空间的极度不可能的寒冷之处，它们选择为自己的孤寂赋予一个幽灵，如同它自身一样神秘。这就是人类的命运——作为那只严厉的眼睛，亘古不变地漂浮于暗夜与孤寂的时刻。没有这只眼睛的介入，世界就谈不上存在；但这只多变的眼睛，也不受流俗所谓的"自然"规律的辖制。

我以前并不相信它。我曾经带着成年人的冷漠顽固地从掷海星的人身旁走开。但那只眼睛引发的思绪，却是大自然无尽的伪装之一。亡羊补牢，为时未晚。于是，我带着一个孤零零的任务启程了。我打算找到那个掷海星的人。

4

人类自身，如同他所栖居的宇宙，如同诞生他的泥淖里的恶魔般的萌动，就是一个荒凉的故事。从出生到死亡，在心灵的世界里，他一直沿着漫长且喧嚣的海岸线行走，海里是无数破灭的梦想。最终，对生命的执着消失殆尽，留下的是满腹怨言。但是，从这些失望中，却浮现出了令人惊叹的选择的自由——人类由此超越了动物世界里狭隘的藩篱。在人类更大的选择范围里，混沌与秩序以泰坦巨人们的身份展开了新的、象征性的斗争。它们争斗的是一个世界的命运。

在远处的海岸线上，那个掷海星的人在彩虹下徘徊。我们的交谈不算长，因为我了解到，在那个海滩上，那些在黎明时分出来散步的人们看不惯毫无节制的贝壳采集。当然，还有另一个原因，那就是，由于我的职业和经历，我没有什么好说的。那个掷海星的人恼了，他的举止如同一个愚人，我自己可不想跟这样的人打交道。我是一个观察者、一个科学家。尽管如此，我也曾见到过彩虹试图连接到陆地。

在陆地上某个似乎不属于尘世的地点，我发现了这位掷海星的人。雨后的清晨，空气里有一丝甜甜的味道，七色的彩虹仍然在他的头顶若隐若现。我没有说话，同样捡起了一只活着的海星，尽力扔到大海里。我只简短地说了一句："我理解，我也算一个同伙。"直到那时，我才允许自己这么想：他不再是孤军奋战，在我们之后，还有更多人。

我们是彩虹的一部分，是大自然里出现的无法解释的投射。在我沿着海滩行走的时候，我能感到人类心智里画出来一个圆的轨迹，如同那个阴沉的、流动的海岸。这是一个可见的模型，是人类心智努力实现的目标，一个完美的圆。

我捡起了另一只海星，扔进海里。也许在星空的边缘，有一颗真正的星星被类似地捡起来，扔出去。我能感受到自己身体的运动，就像是播种——在一个广袤无垠的尺度上播种生命。我转头回望，在渐渐黯淡的彩虹之下，有一个小小的黑影，那个掷海星的家伙还在一个接一个地忙活着。我不再看他。我们选择的任务过于庞大，无暇凝视。环绕在我们四周，无边无际的死亡水域不断咆哮着，而我正一个接一个地把海星掷回。

但是我们，尽管那么黯淡、孤单、渺小，还是把那些活着的海星扔了回去。在某个遥远的地方，在无底的深渊之外，我似乎感到，在另一个世界里有人在更欢快地掷着海星。我本来也可以带着狂热的兴奋扔海星，但我稳住了肩膀，有意放缓了节奏，就像那个在彩虹之下掷海星的人那样，妥妥地把海星扔出去。这项工作不能怠慢，因为我们不仅是在挽救海星，也是在挽救人类。有那么一会儿，我们好像一起被凝固在了无垠的海滩上，旁边是一个陌生人，他在掷着太阳。出人意料的，这就是我们的命运；从冰河时期的狩猎者开始，北半球的生活日渐式微。我们已经迷路了，我想，但是我们中的一些人仍然还记得那个完美的怜悯之圆，从生到死，从死到生——存在的彩虹因此圆满。即使是寒冬雪域的猎人，对于猎物的灵魂也心怀敬畏——他们知道，这是生命的循环。有一个传说流传至今：那些对猎物心怀感激的猎手，在需要的时候，也会获得黑暗森林的帮助。

我再次小心翼翼地扔出海星，然后沿着海滩独自前行。

我感到，在某个地方，涌起来一股极为原始的情绪，另一个掷星人知道是哪个地方。也许他微笑着，又把一颗星星扔进了无尽的黑暗里。也许，他也是孤独的，这一切的最终结局如何，仍然神秘莫测——我们甚至对自己也不了解。

我又捡起了一只海星，它的触角畏畏缩缩地吸附着我的手指，但，它就像一颗真正的星星那样，悄无声息地渴望着生命。我特意端详了片刻，然后把它远远地抛出去。随着这一抛，我似乎也第一次把自己抛进了一个未知的维度。在达尔文的纷繁的河岸里，从无尽的争斗、自私、死亡中，竟不可思议地出现了那个掷海星的人——他爱的不是人类，而是生命。正是由于大自然里的这个细小的裂缝，生物学的逻辑才出现了漏洞。我们来到了这个隐形岛屿的最后一片海岸——但是，奇怪的是，我们的祖先对这片海岸早就很熟悉了。他们早就直觉地感到，虽然人类的生活离不开屠杀动物，但是如果没有生命，没有其他生物，人类在精神上就无法存活。我的思绪还在漫延，在某个地方有一个掷星人，他一直在独行，这不是因为他失败了，而是因为这是他的选择。

夜晚，煤气灶上，火焰还在灼灼地舔着煮贝壳的水壶。我定好了闹钟。明天有暴风雨，但我还要继续行走。我要面对那些贝壳采集者和火焰。我要一边走着，一边想着培根的那句被遗忘的名言，"为了生命之用"。我要一边走着，一边想着这个奇异的宇宙的不连续性。我要一边走着，一边想着掷星人揭示出的裂缝：大自然里仿佛有一种神秘莫测的力量，它超越了人类对自然的理解。我知道这一点，因为我见过那个在彩虹脚下掷海星的人，就在科斯塔贝尔的海滩上。

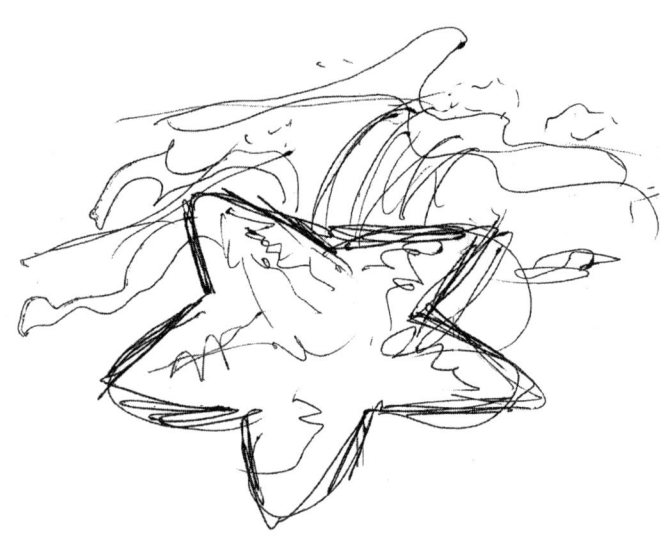

　　　　　　　　　　　　　　　　　　　　　　　　奇异的宇宙

第五章
愤怒的冬天

关于接下来的事，可能有人会说"人其恒心，必有天助"，可能也有人说"人若疯狂，神魔难挡"。

——色诺芬

有一天，两种彼此熟悉的生物，被迫重新打量对方，似乎形同陌路。这是一个冬天的夜晚，我蜷缩在炉火旁，外面寒风呼啸，窗户瑟瑟发抖。在我面前，躺着一只大个头的牧羊犬，它偶尔抬头巴巴地看我一眼，叹一口气，然后继续睡去。事实上，在这个寒冷的冬夜，我还在工作着。在我的书桌上，放着冰河时期的猎人用过的长矛尖，以及一根来自北美野牛的腿骨化石。这些古董上早已没有一丁点残留的肉了。它在地下埋了一万多年，此刻已成了打火石以及石化到敲起来叮当作响的骨头。我在火边工作得入神，无意间把骨头丢在了地上。这时已近午夜。一阵刺耳的噪音传来，犬牙刮擦的声音打断了我的工作。我低头张望。

牧羊犬站了起来。远古野兽的坚硬如磐石的残迹，正被它咬在颔间。它正热切、专注地啃着那骨头，这副样子我还从来没见过。

"阿狼。"我喊了出来，并伸出手。牧羊犬后退了一下，但并没有妥协。它的胸腔开始发出低沉、持续的不满，好像一种从久远的午夜里传来的声音。那根骨头里并没有什么好尝的，但是远古的记忆在它的脑海里翻腾，决定了它的反应。只有傻瓜才会放弃骨头。它正在警告我。

"阿狼。"我再次骂道。

我一靠近，它就咧开嘴，露出白牙，似乎准备攻击。低沉的不满变成了大声的咆哮。像一只爬行动物般，它扁平的

脑袋压得更低，明显不怀好意。在它的宇宙里，我一直是最值得爱戴的对象，但是此刻，它的过去在它身上复活了。那个阴影在它的脑海里低语。我知道它不是在假装。如果我胆敢再进一步，它一定会发起攻击。

但是它的眼神里却透着隐忍与绝望。"不要，"它的眼神后面似乎有种东西在乞求，一个亲昵的生物，终其一生总是追随着我的脚步，"不要逼我。我就是我，我不可能是别的动物，这是我的过去。不要再靠近了。你是我的主人，是我的上帝。我爱你，但是，请不要伸手。这是午夜。此一时、彼一时，而且此刻外面还在下雪。"

"此一时、彼一时，"即便我停了下来，低沉的吼声还在继续，"而且外面还在下雪，可怕的如同世界末日一般的大雪，我身体里的那个灵魂复活了。我不会放弃。我没办法放弃。那道阴影不允许我放弃。请，不要伸手。"

我默默地站着，直直地盯着它的眼睛，听完了它的低语。慢慢地，我会心地往后退。吼声渐渐变弱，最后停了下来。在我退后时，骨头落到了地上。它一只爪子按着骨头，依然提防着我。

当时我的脑海里有没有阴影呢？我寻思着。在那个野性记忆发作的片刻，我是不是也有一瞬间打算一步跨越一万年的岁月，为了一根看不见的火腿冲到它面前？即使是对我，这个书斋里的学者，那道阴影也在轻声细语。

"阿狼，"我唤道，但这次，我拿起它熟悉的链子，在门口冷冷地说，"去雪地散个步。"刹那间，它的眼神里那个不速之客不见了。骨头依然躺在原地。和往常一样，它兴冲冲地跑到我跟前，接受我给它戴上链子，套住嘴巴。

我们出去的时候，暴风雪正在肆虐，但它毫不理会。它浓密的毛发上，很快就挂满了厚厚的雪。它嬉闹了一会儿——虽然它平日里举止严肃——似乎为它脑海里正在退去的某种东西向我做些补偿。我感到雪花落在脸上，想起了往日的其他时刻，越想越多，直到夜更深，雪更大。阿狼来到我身旁，带着一点呜咽声。现在，它才是那个更开化的生物。"快点进屋烤烤火吧，"它轻轻地推我，"否则你会迷路的。"我下意识地接过了它的链子。它带着我安全回到家，进了屋。

我一本正经地跟它说："今天，我们都做了一些非常过分的举动。我认为对于今天发生的事情，我们内心深处的一些东西，最好都忘掉。"阿狼瘫在地板上，没有任何回应，只是出于礼貌地甩着尾巴。它已经昏昏欲睡，徘徊于梦乡了。看着它的脚在抽动，我知道在梦里它一定跑出去很远，至于跑到了哪里，我就不得而知了。

轻轻地，我捡起它的骨头——不如说，我们的骨头——

并把它放到壁橱上的一个高高的柜子里。当我关上灯的时候，窗外映照的白光似乎更显明亮，还带着一丝幽深的冰川似的蓝色。目力所及，邻居狭长的树林里没有任何东西在动，也看不到任何路径，当然更没有生物的动静。大雪继续下着，但是风停了，而它带来的阴影，也不见了。

2

大自然里空旷的孤寂和某种缺失，会招来同样奇怪的生物，或者引发壮观的自然景象。伴随着自然的每一次犹疑，都有一股力量参与进来；一种异样的复活衔接着每一次的暂停。一个从无生命的星球慢慢演化出了绿叶植物。悬浮大陆之上的空气发生了改变，充入了氧气，使动物得以从之前本无生命力的黏土里出现。

只有经过长期的观察，饱经世故的眼睛才能认出这些事件没有什么神秘可言，而是自然而然。不过，围绕着这些事件，总是逗留着一丝无法轻易抹除的神秘色彩。我们似乎知道得很多，但是，我们经常发现还有许多困惑。人类自身的存在就充满了神秘，因为我们这个物种的出现和传播，正好赶上了一个物种普遍大灭绝的时代。我们是更新世千年寒冬的最终产物，而关于这个寒冬的起源仍然众说纷纭。直到最近一百多年，我们才对这个冰河时期有所了解，而完全接纳这些知识则是更晚近的事情。尚未有文字记录能力的初民，早已忘记了当年的大雪，而他们正是从这巨大的雪崩中闪现的。

"大自然是个巫师。"梭罗曾经说道。这位自封的暴风雪观察员，对着一片完美的正六边形雪花肃然起敬。空气，哪怕是稀薄的空气，都足智多谋。说起这位满怀诗意的自然主义者，在科学主义流行的今天，我们可能会不大情愿地称他为文学家，却会否定他作为一个淡漠的研究者，其对人类高深莫测的观察，诞生于冰河之上寒冷彻骨的一个念头。这位挚爱雪花的哲人沉思道："大脑，正是冬天成熟的核心。"他认为，在冬天，大脑更专注、更强大。

梭罗继续说道："我们迎接冬天，就像一只饥肠辘辘的狗迎接骨头；我们有必要充分汲取它的精髓。"在这个透视法缩小后的视野里，梭罗象征性地预示了人类经历的四个漫长的冰川季，从那里我们的确痛苦地学到了如何汲取精髓。虽然梭罗在莫纳德诺克山脉上见识了冰川移动的痕迹，甚至还记录了它们的方向，但他对这些痕迹的重要性并没有充分的了解。他所感受到的，单单表征了他敏锐的直觉。他朦朦胧胧地感到，在遥远的森林里，一道未知的窄门正缓缓打开，并且抗议道，大自然于他而言过于庞大，似乎就是巨人们的游乐场。

梭罗说得没错。在地球的演化史里，人类诞生于一个非常特殊的时代。在这个时代，巨大的冰川覆盖了地球三分之一的陆地面积，就像一条巨龙向人类摸索着伸出爪牙，并呼啸出漫长冬天里的寒风。这是一个物质奢侈的时代，却被学者们认定为地球史上区区 1% 的时间，并且称为"地质—灾难期"。在长达一百多万年里，人类，这种起源于热带的孤零零的物种，不得不在冰冻三尺的雪原上徘徊，或者被磅礴的大雨淹没。

人类目睹了群山的诞生，见证了无数生命的灭绝，也挺过了把冰川吹得不断后退的龙卷风。正是因为如此，经历了这一切的人类，内心深处才沉睡着一丝类似的野蛮与不可预见性。现代人类，虽然有着各种发达的力量，并幻想着生活在城市里的隔离保护，却仍然逃离不开自然界里原始的力量，后者创造了人类，同样也可以毁灭人类。这些原力体现在人类那些最古老的故事里——那个被虐待、被遗弃的王子，克服了千难万险，在一群善良的魔法师的帮助下，才斩除了恶龙，继承了王位。

当冰河时期呈现出一幅讽刺画般的缩影——或者，统治世界的力量突然开始凝聚之时，人类，随着那糟糕的工具——脑的发育，也开始体现出同样的特征。无论是早期的

巫术，还是晚近的科学，都放大并经常扭曲自然界里的力量，萌发出反复无常、善恶无端的特点。恒星里的爆炸性力量，之前一直牢牢地隐藏在大自然里，现在，落到了刚从树上来到草原上的一个物种手里。

　　我们已经成了这个星球的变革者和各种生命（包括我们自己）的毁灭者。黑暗洞穴里巫师馈赠的火，给我们带来的可不只是一个简单的王国。像它之前唤起的许多魔法礼物那样，火无法被驯服，所以我们只能时刻小心翼翼，以防被它摧毁。我们到底还是沉睡冰川的后裔，而且，我们继承了冰川的力量，能将稀松平常放大到硕大无朋。我们在地球表面

　　　　　　　　　　　　　奇异的宇宙

游荡期间认识到，大自然也并不是爬行动物时代里缓慢得昏昏欲睡的安稳夏日。相反，我们似乎是一个循环的终产物。这个循环的周期大约是 2.5 亿年——据估计，这大约也是太阳绕银河系旋转 1 周的时间。

这个循环重复过多次，地球上的冰川融化，复又冻成，直至前寒武纪，而这段时间的生命都已经灭绝了。我们关于冰河时期的初步认识，始于二叠纪。我们目前可以推断，这次的冰河作用，与此前的冰河时期不同，它主要分布在南半球。这类似于后来的更新世（人类的崛起就发生在这个纪元），在这个时代，大陆板块开始上移，从南北极到赤道的温度梯度开始愈发明显。对于那些最后一次登陆的两栖类脊椎动物而言，这带来了一次演化危机。最重要的是，起码就我们人类的命运而言，这个时代开始出现了那些过渡状态的、边缘性的生物，比如那些类似于哺乳动物的两栖动物——它们就是人类遥远的祖先。

它们开始沿着有毛、温血和恒定体温的方向演化，这些特征后来会演变成真正的哺乳动物，进而主宰地球。哺乳动物的这些祖先，是脊椎动物里对反复出现的冰河最早作出反应的物种。但是它们出现得如此远古，而且那个严寒的时代又是如此遥遥无期。所以，1854 年，当 A.C. 拉姆齐（A.C.Ramsay）拿出证据表明在最后一个冰川时期（人类就是由此出现）之前，早在二叠纪，就有一段同样严酷的冰川时期时，信奉地球由一度酷热逐渐冷却的 19 世纪科学家们都相当吃惊。

我们生活在更新世的边缘地带，在这个时期，冰河开始消退，却没有完全消失；此外，二叠纪的冰河作用是我们能够合理推断出的唯一一个真正的冰河时期，这不能不引起我们的注意。其他时代模糊的遗迹，许多已经消失于远古地层里，或者深埋在前寒武纪的地层之下。然而，对于二叠纪的冰河作用，我们可以大体推断出它发生在 2 500 万至 3 000 万年前。那时南半球的大陆，周期性地覆盖在厚厚的冰川之下。美国地理调查局的菲利普·金（Philip King）曾观察到，在澳大利亚，二叠纪的冰河作用持续得更久，而在澳大利亚东部，源于冰河时期的巨石河床，中间穿插分布着长达 1 万英尺（1 英尺 =0.304 8 米）的地质层。从此，世界再也没有经历过那种程度的温度梯度，直到更新世的这次冰河时期，人类正是在这段时间诞生。

如果这些冰河作用的成因，以及冰河时期的间隔，依赖于地球或者宇宙里某种周期性的作用，那么，人类，可以说，正好赶上了一个间冰期的春天，毫无知觉地被簇拥在黯淡的阳光之下。冰川仍然潜伏在两极；北冰洋的猫头鹰，在冬天的夜晚向南起飞，悄无声息地飞越白雪皑皑、冰层覆盖

　　　　　　　　　　　　　　　　　　　奇异的宇宙

的乡野。人类是一个已逝世界的幸存者，是漫长寒冬过后苏醒的领头雁。

我已经提到，前寒武纪的冰河作用似乎每隔大约 3 000 万年出现一次。在 2 500 万年后，更新世——我们自己所处的冰河时期——伴随着四次间冰期的夏天（如果我们算上现在），仅持续了将近 100 万年 [1]。如此之近，以至于头两次间冰期所留下的关于动物适应寒冷的证据极少。一位专家评论道："北极生命的起源，至今仍然是一个谜团。"只有最近两次冰期，冰面推进了足够长的时间，才出现了极地特征的动物群——长毛猛犸象、北极熊和冰原驯鹿，它们与人类一道经历过极度严寒。

总体而言，北极地带一直都是生命的坟墓，而不是生命的摇篮。许多适应了寒冷气候的生物都随着融化的冰川一起灭绝，人类是一个幸存者。到目前为止，我们所处的更新世，许多物种一直都在灭绝。唯一新出现的生物，人类，也为成就这一个被阿尔弗雷德·拉塞尔·华莱士（Alfred Russel Wallace）称为"动物贫瘠的世界"推波助澜。根据二叠纪的

1　最近的发现拓展了原始人类发展线的第三等时间范围。早在更新世，智人也许跟最后一批浓厚毛发的古人类同时存在了一段时间。不过，如果是这样，这就间接支持了这两种类型的古人类有机会发生过基因交换。不过，对于数十万年前出现过杂交人类，这一代考古学家还无法对其进行归类。——原注

记录判断，如果我们同样经历 3 000 万年的冰川期与日光期的循环，地球三分之一的表面将再次覆上冰盖，温带的城市将化为齑粉，人口数量也会大幅削减，人类或许会死于残忍的野蛮与匮乏。也有可能，凭借人类新近获得的科学技术，他能幸免于自己不可预测的暴力，并作为一个古老的遗迹存活下来，成为一道地质长河里的砾石。

我们这个物种，智人，在过去两个冰川时期的帮助下，似乎已经直接或间接清除了人类家族里相当大的一部分成员。其中一个孤零零的，然而能生育的物种，在内部斗争中消失了，至今仍然在影响着未来的走向。人类的生存记录，即便逗大脑之所能，面对尚未期满的冰川期的隐忍与狡猾，根本不值一提。事实上，我们更应该综合考虑人类的历史以及他与地球这条巨龙的亲缘关系——这一点毋庸置疑。"非同寻常的物理条件与演化危机一同出现，这不太可能是纯粹的偶然。"古生物学家乔治·盖洛德·辛普森（George Gaylord Simpson）曾经说道："生命依赖于环境，并与环境一同演化。"

人类的演化之路，始于冰河期之前。不过，正如远古哺乳动物里所发生的那样，种种迹象已经预示了它们的出现：上一个哺乳动物时期里的严寒、草的传播、大陆架的隆起和山脉的剧烈动荡。更新世时代，在地球漫长的历史里是如此

　　　　　　　　　　　　　奇异的宇宙

微不足道，如此出乎预料，如同上一个古生代的冰期，预兆了一个崭新的有机世界的诞生。在这里，它以多重中心的波状标记了，虽然被冰冻天气扭曲、一度被折回，但是即将出现的一种生物：不仅前所未有，而且它的脑里包含了内在的光影，并注定要映照出孕育它的时代本身的动荡与美丽。

在那个时代，地球三分之一的表层，北半球数百万平方英里都披上了一层蓝色的冰盖，这是从消退的海水中借来的水分。随着冰盖把最后一片地幔包围并覆盖上，在人的脑里，类似的一层晶莹剔透的思想成分也覆盖上了黑暗、健忘的动物脑回路。声音就起源于那里，空气中奇怪的声波具有了含义，开始为石头和诸神命名。在这个星球上，有史以来第一次，人类有了名字；同样是有史以来第一次，人类痛苦地在死者的尸体旁哭泣。

它再也不是一个单一、盲目地繁衍生息的时代。时间及其令人痛苦的怀旧感，在每一个落叶飘零的季节都会触动人心。或者，最糟糕的是，心爱的容颜会衰老。克罗诺斯和命运的观念开始进入人们的思想。尽管人类试图逃脱，但还是要忍受内在的冰河期。他会编织出寓言，再将其推翻，但最终，他要不情愿地领会一个叫作时空连续体的难以捉摸的抽象存在，内心颤栗于空间的无尽深渊，正如许久之前，面对着地球上的冰川，一无所知的他赤身裸体地颤栗着。

正如梭罗所料，人在冬天成熟；冬天过境，他挺了过来，而且汲取了它的精华。但是，冬天的寒冷已经进入了他的骨骼。后代继承的永远是祖辈的遗泽，而最初的祖辈是那条沉睡的冰川巨龙，我们默默忍受着它的权威，但它的变幻无常，我们还未曾领教过。

3

几天之前，我不经意间盯着窗外步行道上一个雨池观察了好一阵子。因为还在思考其他事情，我只看到雨滴落下，涟漪散开；偶尔，雨下得太急，涟漪开始叠加。然后，随着一圈圈水纹向外散播，它奇特的节奏和美感逐渐进入我的脑海，一幅奇异的景象开始浮现：我发现自己正观望着整个生命世界在地球上的演化史。外面的那个大圈，是早期的灵长类动物，它们是人类的祖先；后面的雨滴落下，里面的小圈里出现了最初的人类。我看到猛犸象经过一个漫长、徐缓、遍布全球的高潮，但是人类这个小雨点逐渐变成巨浪，最终淹没了前者。

还有一些转瞬即逝的更小的波纹，就像是零星分布的岛屿上的动植物，倏忽而来，倏忽而去。有时，雨滴落得很慢，水洼几乎归于平静，就像地质时代中短暂但有张力的寂静。有时，雨滴落得很快，就像动物体态的突变，它是如此之快，以至于一个波纹尚未成形就被下一个雨滴打破，与新的波纹叠加，或是勉强维持着原有的形状，不会传播很远。透过神秘的水洼，我看到了一系列的丛林——微小的动物群体，迅速变化却难以扩散。

我想，何不关注那些巨浪？是它们记录了地球的故事。雨下得时紧时缓，小水洼里的图景在我的脑海里逐渐清晰，就好像是一个水晶球。如果我们懂得观察，一片蜘蛛网何尝不是一个宇宙，一群夏日的摇蚊何尝不是一团星系，一道峡谷何尝不是往昔岁月的一种记录？俯瞰脚下，破碎的岩石指示着冰河时代；仰望天空，午后变幻莫测的云彩不正好比过去千万年里生生不息、变化不已的动物世界？

我们从身边的自然世界里获得的这些洞见，都依赖于前人披沙拣金积累的知识。如若不然，我们眼里的世界跟初民眼里的世界并无不同：岩石还是岩石，水洼依旧不过是水洼，峡谷仍是大地上的一道深渊。渐渐地，那些真正富有洞见的人，意识到了在人类视听的限度之外，还有一个我们视而不见、置若罔闻的世界，我们只能通过仪器去探测。正是通过这类仪器，我们才测量了原子的衰变，我们才探测到人类出现之前的久远过去，并测定了远古历史的温度。

渐渐地，早期哺乳动物时代独有的生物规律开始褪去，浮现出的是更新世的寒冷，夹杂着间冰期的萧条，以及在两次间冰期之间那个漫长的夏天。在欧洲，冰川一度覆盖了英格兰群岛；在北美洲，冰川一度覆盖了加拿大全境，向南延伸到北纬 40 度，直至今日美国的堪萨斯境内。

曼哈顿岛和新泽西曾感受过严寒的威力。更新世中期巨大的长角野牛，在人类踏足美洲之前就消失了。其他体形较小的动物也随之消失。等到更新世末期，欧洲和美洲约 70% 的动物都陨灭了。即使是在远离冰川的非洲，变化也比较明显。也许部分原因可以归结到是多雨季，这是在热带地区出现的漫长降水过程。据估计，这可能与冰川在北半球的蔓延同步发生，或者紧随其后。

曾经在欧洲大陆存活过的原始人类，一会儿被扩张的冰川挤向南方，聚到一团，等到冰川退去，再重返北部。在冰川与阳光的一进一退之中，人类的骨骼开始发生变化。古老的物种开始缓慢消退，或渐渐地退守到偏僻之地，或悲催地死在了更优越的大脑设计的武器之下。也许，自从哺乳动物兴起以来，生命世界里还没有出现过比这更惨烈的骚扰，比这更残酷的选择压力，以及比这更强烈的遗传分化和此后的基因交汇。但是我们知道，在冰河期开始之前，某种原始的人类已经来到了地面上；我们还知道，这些裸身的原始人起源于热带地区。那么，冰川跟人类的这段历史有什么关系？

事实上，关系非同寻常。人类在早期就遭遇了严寒，早在热带地区就感受到了它的威力。有一点可以印证严寒的影响：人类的足迹不断向北扩展，一波接着一波，最终来到了高纬度地带，穿越了白令海峡，走到了美洲大陆。直到那时，最后一批猛犸象才在日渐萎缩的湖泊泥淖里死去，最后一代长毛象才在新泽西州日渐干涸的沼泽地里寿终正寝。

这个故事，从地图上看得最清楚，因为时间、冰川以及魔法师的烈火馈赠就像瓢泼大雨中的涟漪那样扩散至温带地区。这故事并不局限于冰川。冰川学家 J.K. 查尔斯沃兹（J. K. Charlesworth）曾写道："更新世的地壳运动相当可观，甚至可谓灾难。有证据表明，这个时代创造了山脉和海沟，高度和深度都前所未见……在地球地壳演变的历史长河里，更新世是最激烈的一段洪流。"

我之前提到过这个事实：除了间隔出现的寒冷的冰河期，地球的气候一直都很温和。地球一度比今天更温暖——专业人士可能会称之为"去低温化"。在此之前和之后，温带地区的动物群都曾经抵达北极圈内，而且其中有很大比例的动物都来自森林。然后，在冰河期，地球的温度骤降，热带也不例外；山峰上的雪线在逐渐下沉。在北半球，夏季变短，"几近于无"，成了间歇性的"干冷"（这都是专家的术语）；然后在冬季，大雪覆盖了高海拔地带，如此持续半年，极为寒冷。

出于有限的记忆力，我们把目前的气候视为正常。这就像是一个人，面前是一本1 000多页的巨著——事实上，这就是地球的历史——然而他只盯着最后一页的末尾一句，并声称它就是历史。诚然，冰川消退了，但是地球的气候并未彻底恢复。我们还在冬天或者早春的边缘。气温已经恢复到中点了。我们就像一群难民，在被太阳晒得暖烘烘的石头上打了个盹，不记得千年之前发生过什么。在欧洲拉普兰之地的冬季，冰川一度向南延伸到不列颠群岛，气温要比今天低10摄氏度。

从世界范围来看，这次严寒的到来并非毫无预兆。在非洲和亚洲的高原地带的某处，第三次漫长的降温从那里开始。回头来看，这正是冰川来临的序曲。从蔓延的草原和古老森林里大片消失的植食动物身上，我们可以跟踪冰川的存在。大陆架在上升。我们知道，到了上新世时代，人类的踪迹就已经深埋在草原里了。人类的历史要比他的祖先——在维多利亚时代的前辈看来，这些祖先也就是树上的黑猩猩——复杂得多。但这个复杂故事的全貌，我们至今也没有完全理清。

为了讨论的方便，并尽量贴合前文关于雨水的类比，人类、原始人、初民，无论我们怎么称呼，在200万年前，他们就已经在非洲草原上直立行走了。比起现代人，他们个头更小一点，四肢也更不发达。体型变大是后来才发生的事情，而且这往往预示着灭绝。现在，人类是一种体形巨大的灵长类动物，而且只要食物充足，他还会继续生长，但是他的独特之处在于，其前途如何，殊难预料。

通过考察早期直立行走的猿人，我们可以观察到三个事实。首先，他们牙列与骨头的多样性暗示了其身形的差异。由此可见，正如华莱士多年之前猜想的那样，在那个已经消失的时代，自然选择的力量仍然对早期人类发挥着作用，且没有被文化因素弱化。换言之，早期的猿人数量有限，而且在遗传学水平上同时适应着多个生态位。饥寒交迫是残酷的现实；在他们生活的非洲大草原上，惟有时刻提防才能生存。无论老幼，稍不留神就容易成为猛兽袭击的目标。

其次，在人类出现的时刻，世界正在向着更新世的冰河期迈进，气温已经开始降低。值得一提的是，人类所有最原始的近亲——它们也被称为活化石——都栖息于树上，隐藏在非洲、马达加斯加以及东南亚群岛上的热带雨林里。它们是早前那个更温暖的世界的幸存者，等那一段温润的培育期结束，不知怎的，孵出了笼罩地球的冰川巨龙。

在晚第三纪，草原和高地开始扩张，即使是热带也不例外。在东非，有萨瓦纳的稀树大草原；在中国北方，气候越来越干燥寒冷。平原动物日益繁盛。海水也变得更冷，热带水域的范围收缩。非洲依旧是冰封程度最小的大陆，即便在这里，气温也开始降低，山巅的冰雪终于蔓延至山谷。在亚洲，喜马拉雅开始缓慢但势不可当地隆起，树居生物栖息的丛林也随之消失。

晚第三纪灵长类动物的主要发源地，无论是非洲还是亚洲，都开始出现草原扩展和森林缩减的现象。在东南亚，这为树居生物，包括长臂猿和褐猿，提供了庇护所。但是，对于那些早期猿人而言，中新世—上新世的草原与萨瓦纳的稀树大草原变得越发诱人：它们已经具备一定的智力，不再依赖于特定的生境，而且足够灵活，足以在草原上探险。目前，我们在非洲采集到了更为完整的证据，但是，在喜马拉雅山下更少人探索的地带，我们也发现了某些残缺的遗迹，它们同样可能来自于早更新世的两足动物。

再次，也是最后一点，早期猿人，自从开始直立行走，踏上草原，便永远离开了森林里满是水果的舒适圈。它们进入了光天化日的平面世界，不过，为了进行这场冒险，它们携带的是解放的、受大脑意识支配的前肢，以及可以有效感知景深的眼睛。它们开始越来越依赖于草原上的动物所提供的丰富蛋白质；通过声音和原始的投掷武器，人类最终成了比大型猫科动物更危险的捕食者。

在冰河期来临之前，渐凉的漫长吐息预示着蠢蠢欲动的巨龙的降临，原始人类赤身裸体地过了这个秋季。经过了地球漫长的夏季，他们的身体也懒懒散散的。热带气候温暖了他们的骨骼。这些森林栖居者的远古后裔，毛发稀疏、饥肠辘辘，紧紧依附着萨瓦纳的热带草原而生活。他们不比那些轻盈的羚羊，能够跳跃躲开天敌，也无法啃食硬质植被。靠着极少量的碎片和石器，以及群体内的密切合作，他们活下来了。

不过，这些最原始的人类，尚不成气候，仍有灭绝之虞。有一拨聚集在非洲的萨瓦纳，还有一小群零星分布在喜马拉雅山下的西瓦里克平原，他们的处境则稍好一些。早期人类的身体开始出现剧烈变化。在下颅骨里，一种具有想象力的动物正在发育，它们将开始使用抽象符号。但在起源之处，它们绝望地游走在刀尖之上，随时都有灭绝的危险。对于这样的一种生物，它能够想象到自然之外，但与此同时，也被囚禁在现实之内。用心理治疗师列奥那多·希尔曼的话说，"这是神秘的天意所能给予一个物种最为慷慨，也是最为残酷的天赋"。

在我们能够辨认的最近的这段生命史里，显然，人类的第二波出现正好遭遇了冰河期的来临。在中国，近期出土了一种猿人属化石，它们的脑颅容积达 780 毫升。这暗示着，

晚更新世出现过一个温暖的草原生物群，距今可能超过 70
万年。发掘地点位于陕西省，在北纬 30 度附近。这说明，
人类正在向北方迁徙。他的头颅在生长，但是，他们似乎还
没有掌握火。

4

在黑脚印第安人的传说中，有这样一则关于原始人类的
记载：他们食不果腹、衣不蔽体，不知如何生存。他们的创
造者，老人纳皮，对他们说："你当去睡觉，并获得力量。
无论是何种动物在你的睡梦中出现，为它祈祷，并聆听它的
忠告。"故事的结尾是，"初民就是这样存活下来的，通过睡
梦的力量"。

在人类出现之初，他不仅年轻无知，而且寿命很短。他
对周遭世界的许多理解，就像孩子一样，从他的想象之中所
了解，或者，从他自己的同样孩童般的父母那里窥探收集而
来。老人纳皮的话语，虽然玄奥难解，却有一丝真理。他们
讲述的是一个孤儿——人类——的故事：失去了动物的本能
指引，他转而依靠梦境，最终依靠他自己对世界的阐释。他
必须寻求动物的帮助，因为动物们还记得如何生存。

因此，当寒冷来临，人类就在彻底的黑暗中簇拥在一起

做梦。闪电刺破天空，流动的火焰由火山口迸发而出，而人类仍在昏昏沉睡。冰川向南两度扩张、一度收缩，但是在这段时间里，人类聚居的洞穴里并无火焰的痕迹。人工打磨的火石更重，而且品相更好。这个简单的观察背后是一段我们尚不理解的历史：事关这群流浪的人类，在梦乡徘徊的孩子。

在位于北纬 45 度左右的北京周口店洞穴深处，有这么一群原始人类，曾啃咬过动物骨髓并造出石器工具。他们的额头较高，颅容积较低，有些甚至只有 860 毫升。这些出土的化石距今约 50 万年，正值第二次冰河期的末尾，地点比陕西更靠北，也更为阴冷。

有一件事情登时映入眼帘。这种原始人，虽然颅容积只有现代人的三分之二，但他们会使用火。火带来了温暖，带来了庇护，除此之外是否还有其他用途，我们不得而知。保持或采集火种时有何种仪式？是非常恐怖还是愚昧无知？我们同样不得而知。我们唯一知道的是，火使得人类最终征服了地球。

这里，我没有讨论语言——尽管它对人类无比重要——原因在于，语言的潜能也蕴藏在生殖细胞里。语言的本质，而非其文化的表达形式，记录在脑的运动中枢，记录在对声音的精细识别以及舌、唇、上腭同等迅速的神经肌肉响应里。我们的生物学特征使我们适于使用语言符号。我们决定了语言的形式，但是语言的潜能却不是我们有意识的创造。语言的机制记录在我们的大脑里，这是大自然之伟力给我们的简单馈赠。语言塑造了我们，但是这项能力却不全是我们有意识的设计。

与此相反，在洞穴口使用火却是我们自己的发现，是属于我们的胜利，是我们对不可见的化学力量的掌控。在黑夜茫茫、阴影重重之处，火已经蕴含了坩埚、化学蒸馏、蒸汽机与工业革命。它蕴含了整个人类的未来。

在今日英国的斯旺司孔附近，有与北京周口店人的年代相仿，但颅容积更大的一群人，那里也有使用火的迹象，尽管这些证据不是很确凿，大多来自露天环境。但是最终，凭借巫师或法师，或盗火者普罗米修斯，或是地球上林林总总的其他传说，人类终于学会了使用火。这赋予了人类主宰万物的魔力，他有能力面对黑暗与寒冷了。

解剖学告诉我们，额叶与颞叶里含有负责抽象思考的区域。在现代人身上，颞叶区域尤其"不稳定地由纤细的动脉提供血液，它们被一层薄薄的颅骨保护着，并拥挤地贴着一堆骨头，比脑部其他部位更容易受伤"。神经生理学家弗雷德里克·吉布斯进一步观察到，这些额叶或颞叶就像屋顶窗那样镶嵌在脑部，似乎是大自然事后才塞进来的。这些叶片，在那巨大的、全副武装的北京猿人头颅之中，点燃了一团火焰，它将强化家庭联系，促进对野生食物营养的摄取，也提高了对火灾的预见性。火，是这个地球上唯一既可以供人使用又便于携带的自然力量。说来奇怪，这一点像是动物，需要看护和喂养。此外，它也有可能肆虐成灾。

人类，早在驯化第一只狗之前，已经驯服了火。无疑，火在午夜摇曳的身影和其提供的慰藉，为大脑的发育提供了更多的机会。等到第四次冰期来临的时候，人类已经懂得更好地穿衣和取暖了。以我们自己的名义，即第三次，也是最后一次涌起的人潮，人类将追逐着猛犸象穿过北极圈，进入美洲大陆。那些一度在人类的梦里为其提供指引的动物，终于倒在了人类面前。于是，不可避免地，人类将被迫与地球建立起一个崭新且深刻的关系。如果我们用文明的尺度来衡量，这自然是一件好事。不过，一些残存的传说仍然带着一丝可悲的象征：把人与其他动物区别开的，正是火。曾经有一段时间，人类与其他生物之间的鸿沟并非无法逾越，由此来看，这个念头或许是最后一次伤感的回声。

5

在篝火聚会时，人们会说起一个古老的传说，彼时，人类还生活在野外的丛林里。无论故事如何变化，有一点始终不变：传说里都会提到一些消息，是诸神传达给人类的消息。故事的转折也总是如出一辙。某一方，人类或者某种动物，或愚昧落后，或理解失误，以致错误无法挽回，于是，疾病与死亡入侵了这个世界。

动物们基本上懂得它们的角色，但相形之下，人类好像总是为之困扰，或记不住消息，或记错了消息。这暗含了我们的感受：生命世界要求我们提供一个答案，而且人之为人的一个必要环节是他要努力记住他被托付的消息；换言之，我们其实是信使。我们并非表面上那样，我们还有进一步的任务。

经常被提及的还有另外一则故事，说的是创世者在世界诞生之初的事情。在他创造了最初的两种生物——他称之为"人类"——之后，女人站在河边，问道："我们会永生吗？"不过，神此时还没考虑过这个问题，但是他并非不愿意让他的创造物不朽。女人捡起一块石头，对着河流摆出架势，并说："如果它能漂起来，我们就会永生，但是如果它沉下去了，人类就必须死去，这样他们才会感到遗憾，并懂得珍惜与怜悯。"言毕，她丢出了石块。石块沉了下去。神说："你已经做出了选择。"

许多年前，我还是一个喜欢闲逛的孤僻少年。还记得，那是 11 月里清冷的一天，我打算走一段长路，一直走到高地上坍塌的石碑，那是一个被遗忘的墓地，一些先驱者葬在那里。天气看起来有点骇人，但一股不寻常的躁动驱使着我前行。雪下得正紧，越积越深。眼看着一场暴风雪正在酝酿之中，即将横扫这块平原。

在白雪皑皑的黄昏时分，我来到了墓地。附近的社区多年之前就已经消逝了。日升月落，在风霜雨雪的洗礼下，曾经清晰的字迹渐渐模糊，平整的碑石渐渐蚀化、碎裂，直到最终坍塌，成为一堆乱石。此情此景，就好像我是最后一个幸存者，在冰天雪地中，站立在死者中间。我靠着一块树桩，抹去眼睛上的雪花。

然后我看到了他——在这块荒凉的郊野地带，除我之外唯一的活物。我们看着彼此。我们都走了很长的一段路，如此漫长，以至于无论是他还是我目前的旅程，似乎都完全不值一提。从演化的尺度而言，我们各自走过了一段不可估量的距离，但是无论之前我们有过怎样的共同语言，此刻我们都遗忘了。

他只是一只西部杰克野兔，皮肤下的肋骨明显地凸出，可见已经饿了很久了。我们都被这场暴风雪笼罩着。那个长耳朵动物，蜷缩在一个遗弃墓地的碑石旁，畏畏缩缩，无助地期待着短暂的瞬间死去，但是他没有逃跑，而我，手持着当时常用的来福枪，同样站在风暴之中——名副其实的暴风雪，在我们之间狂啸，但我没有开枪。

一个念头在脑海里闪过：我们都有能力迅速繁衍生息，造成资源危机，而且这个地球并没那么大。为什么会是这样？在人类流传的所有传说中，那个似乎是从远古传来的穿越了冰河期的消息，到底是什么？

雪花在我们之间飞扬、旋转。他非常需要那一点破败的庇护所。气温越来越低。在我们分隔开的这数百万年里，他担惊受怕，身体在不停颤抖，却没有获得巫师的帮助。在犹豫的夜晚和狼嚎的黑暗之中，他独自活了下来。他是那么褴褛、那么瘦小。

我一步步地后退，走出了墓地。如果我愿意沿着围墙线走，在某个地方也许有火在等着我。有那么一会儿，我可以看到他竖起耳朵，不安地谛听着我的一举一动，但是此刻，我已经变成了一个幽灵，消失在暴风雪中。

"每逢下大雪，总是足迹寥寥"，有人曾如此抗议道。还真是。我站在漫天雪花中，沉思着这句话，甚至我自己的足迹也被雪花填满了。但是，从这等荒凉之中，人类，孤零零地崛起了。事实上，他是这个愤怒的冬天里的一个迟到的幽灵。在他的心里，他携带着——或许会一直携带着——残酷的冬天与含苞待放的春天。

第六章
金色字母表

一种生物，如果没有记忆，就无法发现过去；
如果没有期待，就无法预见未来。

——乔治·桑塔亚纳

爱斯基摩人有云："只有离群索居，在无边的孤独寂寥中，方能找到智慧。"他们所体验的沉默，我们直到踏上月球，才重新有所领会。也许，我们的轨迹又曲折蜿蜒地回到1万年前的冰河期，那是人类开始兴盛的时刻。也许这就是我们的命运，之前跨过去的路，现在要重走一回。

在19世纪，能够深切体会到那种孤独，同时具备非同寻常的远见的人，屈指可数。亨利·大卫·梭罗和查尔斯·罗伯特·达尔文是其中的翘楚，珠辉玉映，可堪对照。梭罗和达尔文都是远航者。其中一位，凝视着瓦尔登湖上渐次散开的水纹，渐渐消散，重归虚无；另一位，早年环游世界，之后回到英国乡下，隐居在一座古老的维多利亚庭院里，沉思劳作，安度余生。

这两个人对于稀奇古怪的事实都抱有浓厚的兴趣，但在其他方面区别很大。达尔文，结束了长途旅行，便把自己封闭在家，而梭罗只能短暂地忍受一个居所，他的日记还透露出他有幽闭恐惧症，他担心小屋是一个变形的坟墓，所以时不时要逃到树林里透透气。"屋里空气不流通"，他曾如此抗议道。

这两个人生前都不知疲倦地阅读和写作，死后都留下了许多未发表的手稿。他们都熟悉荒野生活，并从中获得了巨大的满足。他们以各自独特的方式深刻影响了其追随者。达尔文对生物学进行了一次伟大的综合，赢得了美名——在梭罗看来，善于辨别几个规律或者发现若干事实，恰恰是人的恶性。与此相反，梭罗的言辞与文章，无论是明述的还是暗示的，同样引人注目。像达尔文一样，他的一部分生活众所周知，但其他方面却是隐而不彰。他曾以晦涩的方式诉说道，许多年前他丢失了一头猎犬、一匹栗色马和一只斑鸠，而且之后一直还在追踪它们。但是，我们并不清楚他后来有没有找到，也不清楚这些动物究竟代表了什么。

终其一生，梭罗都居住在大自然的边界地带，而达尔文却在自然中如鱼得水。就像梭罗在《瓦尔登湖》里描述的猫头鹰，它代表了暮色时分的自然，"那不大寻常的时节"。用他的话说，"我们生活在那片郊区……我们还在出生，眼前一片模糊"。

这两个人都放弃了正统的信仰，放弃了基督教在过去几百年里延续的希望。但是，说到底，其中一位超越乃至放大了另一位的愿景。虽然偶尔有几分犹豫，达尔文一直是一位务实的科学家，并满足于他所作的观察。然而，梭罗的目光转向了一种不可见的源泉，超越了19世纪冷冰冰的工业主义及其对世俗进步的幻想。这两种世界观，或者说这两种生活态度，恰恰象征着两种青春气质。达尔文代表了确信、实用、意气风发；梭罗则展现了犹疑、探索、小心翼翼。

1834年，作为经验主义者的达尔文，在智利的瓦尔帕莱索写道："我刚刚获得了一丁点猛犸象化石的消息，我不知道它们究竟是什么，但是如果金钱和快马可以换到它们，我愿将它据为己有。"与此相反，梭罗天生对于这个世界抱有怀疑态度，他沉思道："比起任何人的臂膀，我更愿意依靠一束阳光。"此后，他又写下了许多类似的颇为晦涩的句子，以至于到后来，他的一位好心的朋友，威廉·埃勒里·钱宁，不无忧伤地直言："我从来没有搞明白他一辈子想干什么……为什么他对其他所有人都那么失望？为什么他对河流和树林这么感兴趣？……在我看来，他有点古怪。"

钱宁说得没错。梭罗的确有点儿古怪，达尔文也有点儿古怪。这两个人的区别，根植于人类自身的天性，因为人类这个物种执意要给大自然不确定的面孔描绘出清晰、确切的线条。究其本质，问题不难弄清楚。大自然里丰富多彩的排列组合，让每一代人感到无所适从。此外，我们都忙于重新创造，甚至忙得不可开交。

我们不妨从童年回忆说起——《绿野仙踪》里翠绿色的光。翡翠城里的居民，一天到晚戴着眼镜。在城市建立之初，奥兹就是这么规定的。对后来进入城市的那帮天真的访客，人们会解释说，奥兹是一个伟大的魔法师，他可以幻化成他希望的任何形象。"不过，"就如其中一人所述，"奥兹本来是什么形象，没有任何活人知道。"

　　　　　　　　　　　　　　　　奇异的宇宙

一同前往城市的访客中包括了好几种生物，仅一个人类，但他们的共同之处在于，都要对付貌似简单、实则艰难的问题。比如铁皮人樵夫，要追求"心"；比如胆小狮，没有勇气在外跋涉，害怕空手而归；然后是那位来自堪萨斯的小女孩，桃乐丝，她坚信只要走得足够远，他们总会到达某处。特别值得一提的是那位稻草人，他的脑袋是稻草填充的，但是他善良、有耐心，代表着人性中更美好、更谦卑的那一面。由稻草所制，而非陶土——创世故事里常见的造人材料——或许因此成就了比人更好的稻草人。无论如何，说起故事里的稻草人，自出场以来他唯一一句有记载的评论是，"人生真是寂寞啊。我的脑袋里空空如也，因为我自己才刚刚被造出来"。

　　整个人类的故事，基本上也是一次前往翡翠城的旅行，以及尝试了解奥兹——那个或许明智地把自己隐藏起来的巫师——的本性的努力。每个人的心里，都有一只胆小狮，也有那个小女孩，我们坚信只要走得足够远，就能找到人生的答案。最后，我们中间那些伟大的发现者，拥有珍贵的、稻草填充的脑袋。因为他们知道，他们都是被创造出来不久，孤零零地站着原野上，因此他们不得不开始独立思考。达尔文和梭罗就是这样两个出奇的既对立、又相似的稻草人。不过，他们抵达的是不同的翡翠城，或者起码看到了不同的风景。他们都窥探到了奥兹本性的某些方面，而且，从某个角度看，他们的观点是相辅相成的。

接下来，我会先来谈谈达尔文，然后再谈梭罗。这两位是同时代人，性情却颇为不同。梭罗虽然英年早逝，但是也许跋涉到了比桃乐丝坚信存在的城市更远的地方，因此，在一定意义上，他可能是一位来自未来的信使。由于未来并非真正存在，除非已经成为现在，所以更严谨的说法是，梭罗是一位来自可能的未来的信使，然而这个未来是否存在，取决于我们自己。

这两个人并没有发现奥兹本人的本性。达尔文对奥兹的行事方式有许多认识——事实上，他的认识是如此之多，以至于我认为他开始怀疑奥兹本人是否真的存在。至于梭罗，也许过分倚重他的阳光，随着时间流逝，阳光逐渐黯淡——当然，可能并不尽然，因为到最后他紧紧握住的是原野，听到的是渐行渐远的回声。达尔文和梭罗都戴着某种眼镜，因为这是奥兹为所有人制定的一条规则。此外，眼镜也各式各样。

比如，哲学家有两种不同的眼镜来看待世界。通过其中一个，我们从过去观望自己；通过另一个，我们从未来观望自己。如果我们没有同时、均等地使用这两副眼镜，我们看待自己和世界的眼光就会发生扭曲，因为我们将永远无法完全地看见。历史让我们对过去能有清醒的认识，让我们理解世界如何像机器一样从一件事情引发另一件事情。因此，有些学者在试图阐释人类的未来时倾向于彻底往回看。事实上，我们这个时代在潜意识里比较偏爱这种实践方法。

像其他很多事情一样，这种态度也有它的历史渊源。

19 世纪初，当科学开始试图回答那些当时所谓的"糟糕的问题"（因为它们涉及恶的本质、世界的起源、人类的起源、性的起源以及语言的起源）的时候，潘多拉的魔盒就被打开了。人们能够对长颈鹿和豪猪进行分类，却无法解释它们的由来——更别提人类的由来了。世界上的所有事物都是彼此分离的，因此，对于虔诚求索的心智而言，生命世界注定显得有点儿荒谬。他们需要的是梭罗说的那类人，能够把两个看似不相关的事实联系起来，并减少这世界上无法控制的混乱。这样一个人就要出现了。事实上，他的先驱者已经出现了。

2

罗伯特·费茨罗尔是一位有良知的船长。英国有一个伟大的航海员传统，库克船长是他们的典范，费茨罗尔也是其中一位代表。他年仅 23 岁就开始担任"小猎犬"号的船长，开始环绕合恩角进行探险与测绘航行。这次航行，发生在查尔斯·达尔文参加的那次著名的航行之前。这位雄心勃勃的年轻船长发现，绘制麦哲伦海峡无异于绘制天空里的繁星。也许，费茨罗尔自嘲的评论暗暗预示了达尔文的任务：去更深广的时空变迁中探险。

如果不是费茨罗尔在他这次行程中遇到了四位印第安土著，第二次旅行也许永远不会成行。1830 年，他把这四位印第安土著带回了伦敦的家中，满脑子都是不切实际的幻想：要让印第安土著熟悉基督教的文化传统，然后再经他们把基督教带回自己的土地。结果，其中一位死于天花，另外三位，一女二男，活了下来。为此烦恼的船长，虽然自己花钱供养了他们，尝试让他们接受了教育，还是下定决心有朝一日要带他们回去，即使不得不自己出钱租一艘小船，也要送他们平安返乡。

讽刺的是，正是出于费茨罗尔身上这种炽热的传教士精神，人类才最终发现自己并不是生物世界的中心。贵族出身的费茨罗尔向英国海军部提出了第二次出航的请求，后者批准了费茨罗尔进一步的探险、绘图计划。

费茨罗尔骨子里是一位孤独的年轻船长，他渴望一个同伴。沿袭库克船长的传统，他决定要带一位博物学家。达尔文最后被选中了，这多亏了他在剑桥的植物学老师约翰·亨斯洛的举荐。费茨罗尔，这位对宗教满怀热忱的早期维多利亚人，将带着一位经由训练和习惯，信奉启蒙主义自由探索态度的人，随行出海。

在法国大革命的狂热气氛中，这种启蒙主义自由探索的态度已经式微，而法国的这种狂热态度在英国本土投下了浓重的阴影，上层社会更趋保守。英国本来就习于斥责或者嘲笑法国的思想家，特别是当思想背离了宗教正统的时候。即使有极个别愿意为法国思潮辩护的人，也不愿意暴露姓名。从科学史的角度看，这种趋向是不幸的。在某些情况下，新思想的出版物很难追溯到它们的倡议人；在另一些情况下，一些重大观念的前身变得无迹可寻，被有意或无意地隐藏在某些看似无害的标题之下，或者，以看似老实无害的作品或题外话的形态，穿插在老套的主题里。

比如，我们清楚地知道，查尔斯·达尔文还是个年轻医学生的时候，法国的演化主义者让·巴蒂斯特·拉马克就已经蜚声爱丁堡大学的学术圈了。我们甚至还知道，达尔文的一位指导老师，罗伯特·格兰特，公开承认自己是这位法国博物学家的追随者。但是，英国社会的观念是如此固化，以至于到了 1863 年，在《物种起源》发表 4 年之后，我们会发现，达尔文在跟查尔斯·莱尔的通信里，提到拉马克的《动物哲学》一书时还这么说："在我看来，这本书全无用处……起码对我所寻找的'事实'毫无帮助。"

在同一封信里，他以同样唐突的方式拒斥了他祖父的思想。如果仔细阅读过达尔文的著作，就知道这些评论与他一贯的论述格格不入。不仅如此，这里如此粗陋地强调"事实"，并不像他曾经抗议过的，"但愿我能避开那种苏格兰式锱铢必较的审慎的人"。在其他地方，他也曾透露过，他很少接受单一事实，除非尝试把诸多事实联系到一起。

1831 年 12 月，这位年轻人[1]登上了"小猎犬"号军舰。他的聪明才智远远不是爱丁堡和剑桥的成绩单能反映出来的。为了争取到他父亲的同意，他使出了浑身解数，单单这一点就体现了他的恒心与专注；凭着这些，他日后还将克服更多困难。不过，这位 8 岁丧母的少年，性格里有一丝拘谨和内向，这使他日后变得离群索居。在首版《物种起源》里，他写道："在'小猎犬'号上，作为博物学家，南美的生物地理分布以及那里的生物与古生物间地质关系的一些事实，深深地打动了我。这些事实似乎对物种起源的问题有所启迪。"这句评论的确属实，但未免过于天真。年轻的达尔文第一次接触到演化的知识，并非在他登上"小猎犬"号之后才突然涌现，即便这种观念在他的环球科考之旅中得到了

1　那一年，达尔文 22 岁。——译注

极大的强化。

事实上，这个观念在达尔文脑海里的起源，可以追溯到他在爱丁堡读书的那些未曾记录的夜晚，淹没在他航海归来之后写就的被蛛网与灰尘覆盖的众多书稿里。因为这正是达尔文的秘密，这位博物学家兼航海人员，这位当代奥德修斯，在加拉帕戈斯群岛上见证了基尔克之岛：他是两次奥德赛之旅的产物，而非一次。在公众的心目中，达尔文参与的那次航行，据同行的首席水文学家所述，目的是绘制水文图，在地球上画出经纬线。当费茨罗尔努力在海洋上绘制这些经纬线的时候，达尔文在超凡的历史走廊里正绘制着另外一套经纬线。

但是第二个奥德赛之旅，要更为孤单、更为隐秘、更鲜为人知，像是梅林的旅程，永无止息，至死方休。这是在烟雾笼罩的伦敦城里，在它蜿蜒的书架长廊里摸索——这种旅程，人只能依靠他们自己，而且公众对此并无兴趣。这里没有大风大浪，没有水手从桅杆顶部跌落，前方也没有冰雪皑皑的新大陆。不过，在人的头脑里，一切都变得不同了。鬼火在书籍的泥淖处烈烈燃烧，线索难以分辨，逝去的观念阴魂不散，来自四面八方的思想线索不断凝聚、不断消散，永无止息。

"主啊，栽培植物到底起源于何处？"这位年轻人如是写道，他的面容更显憔悴，眉头也皱得更紧了。"我读了许多关于草莓的著作，却发现两位植物学家就何为野生草莓都难以达成共识；我翻阅了一本又一本的园艺书籍，结论总是千差万别。"或者，作为一个年轻人，他会在你最意料不到的地方出现，"一天晚上，我在一个杜松子酒吧，跟一群鸽子爱好者聚在一起"。

1854 年，一个疑虑出现在他的脑海，可怕到使人畏缩，双手颤抖得在堆积的纸张里沙沙作响。"我将会觉得多么空虚，若是当我整理好我的笔记后，一切将会迸裂，如同空心泡沫。"

在他的信里，到处是关于之前的交易、曾经的旅行以及过期的园艺杂志。曾经的想法，像植物标本一样，被压平、归类。他说："主教给我上了非常生动的一课。""真棒！一颗种子，在猫头鹰的肚子里过了 21.5 个小时，刚开始发芽。""我好像是一个赌徒，偏爱狂野的实验。"

"我担心得要命。""我信任的是某种本能的东西，老天爷知道，这很难给我的评论提供任何理由。"然后，他悲哀地说道："所有的自然现象都很任性，完全不按我希望的方式行事。我多么希望还能继续研究我的藤壶啊，不接触什么新东西。"

这样的坦白倾泻而出，绵延数年。有多卷日记为证。还有一些记录遗失了，比如，这可能解释，有一次达尔文不知受了什么触动，半夜起来，到楼下跟到访的客人交谈，纠正一个微不足道的观念，虽然这个观念似乎对其他任何人都没什么影响。

所有这些纷繁的思绪、念头，所有这些卷帙浩繁的阅读中间的梦魇时分，最终汇聚到了 1859 年的一部伟大著作里——这本书的题目是《物种起源》，虽然达尔文自己一直说，这只是匆忙写就的一个摘要。

不必匆忙评判，他并没有纠缠任何人。等着那本大作（the Big Book）吧，那本真正的巨著，一切都将得到解释，此外，还有更多的事情会得到令人满意的理解。如果不是那本书，那么占据他脑海的，似乎是经过越来越多书籍的无尽的回归。他的奥德赛之旅没有尽头。其中有蚯蚓，有兰花，有同饮杜松子酒的绅士们的鸽子，有树叶的形状，有像动物一般食肉的茅膏菜。还有枝蔓古怪的摸索蔓延。当然，也有人类自身，一切主题的主题。年复一年，他像个孩子一样带着他的宝藏前行，并最终献出了它们。

他采取了许多方式向公众隐瞒这些发现。除了跟他的家人来往，他几乎变成了一个隐士。令他意想不到的是，他在有生之年成了一个传奇。他所轻视的"摘要"成了世界学术的经典之作。他的名字可与牛顿相提并论。

各式各样的变异，包括那些微妙的，稍不留神就忽略掉的人、树叶、鸟喙和海龟的形状——自从在基尔克般的加拉帕戈斯群岛上见到这些，他就在沉思着——现在，这些看似不可理喻、混乱无序的自然世界勾连成一个整体。所有的生命，都要经过自然选择的过滤。没有哪个事实是孤零零的，在世界上某个地方，它总是和其他事情联系着。是什么让公鸡的头顶上突然出现了一簇羽毛，使得滚球鸽做无意义的旋转？又是什么，问那些悲伤的眼睛，在这个娑婆世界里，让一种无尾的猿类自认为获得了神的青睐？

1859 年过去了。1860 年，不列颠科学学会在牛津开了一次会。托马斯·赫胥黎，自称为达尔文的"斗牛犬"，与大主教萨缪尔·威尔伯福斯进行了激烈的论辩。一位女士当场晕倒。罗伯特·费茨罗尔船长则愤怒地站出来，抗议这对《创世记》的背离行径，即便他也是皇家学会的成员，而且是一名气象学家，并推崇暴风雨预测。

再过几年，费茨罗尔终于变得心灰意冷，他不愿再试图说服漠不关心的海军部和公众，告诉他们天气是可以预测的，灾害是可以防范的。在一天黎明，趁家人还在熟睡之际，费茨罗尔独自走到了楼顶，用一把冰冷的刀片划破了自己的喉咙。他是否也感到了人类地位动摇的病态与烦恼？他是否也感到了稳定的维多利亚式的世界正从他脚下滑走？还有，最为讽刺的是，这都是因为他，罗伯特·费茨罗尔，多年之前邀请了一位剑桥大学出身的诚挚的青年随他出海？在清晨的微光中，刀片闪烁着光。费茨罗尔没有收到关于最重要的这次风暴的预警。作为一位科学界的先驱，他临死的时候籍籍无名。他曾提议过使用电报来追踪天气。在一个世纪以后，无线电通信和飞机终于实现了他的愿景。不幸的是，费茨罗尔一方面落后于他的时代，另一方面又领先于他的时代。这样的人注定命途多舛。

3

时至今日，我们知道达尔文探索的结果了——他把整个生命世界编织进了一张大网，直到最后，它看起来像是传说中的世界之树，尤克特拉希尔（Igdrasil），涵盖范围从久远的地质层一直延伸到目前繁荣昌盛的各种生物分支。鸟类不再是鸟类，反而可以向上追溯成爬行动物；人的前身藏匿于狐猴里，狐猴于树鼩，树鼩亦于爬行动物，而爬行动物在很久之前是鱼类。

但是，这就引出了另一个问题：老鼠试图把所有的有机质变成另一只老鼠，而黑腹蛇却试图把老鼠变成另一条蛇。人类畜养其他牲畜，目的是供人类食用。这种景观可谓别出心裁，却谈不上任何崇高，因为其中并没有真正的胜利者，而且生命整体的秩序消失了。如果我们能够以快镜头观察世界，我们会看到，生命出现，而后消失，如过眼云烟，又好像夜晚的草坪上出现的一圈蘑菇，转瞬即逝。

但这还不是全部。在这个密集的生命之网的核心，还有一些更可怕的东西，达尔文甚至都为之颤栗。请允许我用一个亲身经历的故事来说明这一点。有一天，我在一个开阔的高原远足。风和日丽，让人油然感慨：活着真好。在那片野生草原上逛了许久，远远地，我终于看到了另一个人影。看起来，他跟我一样，也在四处走走看看。后来，他走近了，和我攀谈了一会儿。我了解到，他也是一位科学家，不过来自不同的领域。他随身带着一套解剖工具和一个瓶子。

瓶内装着兔子的肠道浸出液，里面有一只活物。他看起来颇为开心：这是他当天的收获。他向我展示了他的宝贝，光天化日之下，在那干净到看不出任何邪恶存在的高原之上。这件事过去 25 年了，但我记忆犹新——瓶子里那个可怕的、跳动着的活物，以及捕获到它的那个人脸上的笑容。

那是一种寄生虫——尚未命名的新物种——这位在政府部门工作的昆虫学家（起码他是这么自我介绍的）兴冲冲地跟我解释道。但是就在那个瓶子里，那只巨大的寄生虫，折射着日光，不停蜷曲的寄生虫，仍然在盲目地寻找宿主鲜活

　　　　　　　　　　　　　　　奇异的宇宙

的肉体。当时我更年轻，脑子也更清楚。脑海里浮现出的是达尔文曾经写下的话，也许是最可怕的一段话——也是从未打算发表的一段话。在那一刻，他的个人发现，在电光石火之间，浮现在我的面前，与此同时，我的脑海里回响起他的话语。他以一种异乎寻常的野蛮口吻写道："大自然是怎样的一本书啊。魔鬼的牧师也许会用这种笨拙、铺张、莽撞、残酷又可怕的方式在大自然里留下他的笔墨。"[2]

　　恶的问题，一直以来就是神学难题之一，它跟人类的堕落紧紧交织在一起。但是现在，我们在大自然的核心之处也发现了它，好像宇宙的脉动被转化成了那个下流、丑恶的形

2　引自 1856 年 7 月 13 日达尔文与约瑟夫·道尔顿·胡克的通信。——译注

体，不断膨胀，似乎要吞下全世界。我越是端详那只虫子，它似乎就变得越大。坦荡荡的高原上空，清风吹拂，衬托得我目睹到的事情愈发异样，那位捕虫人的欣喜愈发疯狂。

终于，他离开了。他的宝贝瓶子里装着那个跳动的、无言的生命。我目送他渐行渐远，直到他的身影缩小成远方视野里的一个小点。尽管如此，时隔多年，那个黯淡的身影仍然在我的脑海里含混地笑着。如果不是这样，我可能一开始就不会注意到他，因为那块高地非常巨大，可谓一望无际。这一点，我也记忆犹新。如今回想起来，在那里要发现任何东西都不容易——任何东西，当然也包括人。我至今也不明白，是什么安排了我们那天的相遇。

或许，除非是这件事情：人的堕落。在我端详瓶子里的寄生虫的时候，我也参与了这个过程。因为人类的确堕落了，即使是对达尔文这样不信基督教的演化主义者而言。人类从本能的恩典，堕落到了自然之外纷争不断的文化领域，非常类似于老派神学里说的，人从烂漫无知的状态堕落到了肉欲知识的状态。这种观念在达尔文的著作里是隐而不彰的，评论家斯坦利·海曼曾对此作过评述。他留意到，有一位维多利亚晚期的学者对此表示过肯定。那位书评人说道："在《人类的由来》一书里，达尔文先生发现自己不得不为堕落的人类重新引入新的信条。他表明，高等动物的本能要比原始野蛮人的习惯更为高贵，因此，他不得不重新引入这一观念：人类获得了知识，这导致了原始人类……道德的败坏。而且，这一观念的正统形式大体看起来不是有意建立的。"如果对达尔文的著作进行研究，就会发现，人类试图重新回归到高贵的位置，这种努力在维多利亚文明时期达到了顶峰。合恩角的野蛮人很难与优雅的驯养动物等量齐观。

达尔文回顾了无数种鸽子、猿猴和蚯蚓的生活方式。在他的一生中，他花了许多时间来观察这些生物，探索它们的起源。他热爱自然，但是用他自己的话说，他已经变成了一个隐士。他不无痛苦地耐着性子与人类相处，正如他耐着性子接待道恩镇上的访客。他当时关注的是遥远野蛮的历史，并通过一副独特的、之前鲜有人尝试或成功使用过的视角看待历史。虽然他偶尔也会口头上认可人类进步、日臻完美的观念，但是在他的观念体系里，有文化的人类的确是一个令人不安的要素，一个难以解释的障碍，在达尔文搭建的世界体系里引入了奇异的变化。尽管他曾环球旅行，博览群书，并且如透过拼花玻璃彩窗一般看到了生命不完美的变化特质，达尔文仍然是一位观察者，他深深地根植于当时欧洲的社会体系，马尔萨斯的生存斗争给他留下了深刻的印象。这即将来临的充满不确定和可能性的世界，他虽然助长了它的发轫，却无法完全掌握之。透过他独特的眼镜，他看到了一些光，不过，有时魔法师奥兹正是通过不彻底的光亮来蒙蔽人类。

4

像达尔文一样，梭罗同样深爱自然，也许梭罗的爱里更多一点个人色彩。他戴的是另外一副眼镜。在一个与达尔文相反的意义上，他栖身于已知世界的边界，未知的世界从那里开始延伸。梭罗身上有一丝新世界的气息。虽然他自己没有非常清楚地意识到这一点，但是他栖身于未来世界。他的朋友们都为梭罗感到困惑，说他"几乎是另一个物种"。一位当代人写道："他的目光潜入每一寸草坪、每一丛海草，在厚厚的地表下蜿蜒起伏，就像是某种纤细、无声、狡猾的动物。"有人曾说，梭罗不是一个真正的自然主义者。那么，他是谁呢？这段引文暗示我们，这个人跟达尔文类似，而且，他有独特的方式，怀着同样强烈的动机。

在他所有奇怪、无法言诉的事情之中，梭罗坦言，他在日记里记录的事情是最奇怪的。从年轻时代起，梭罗就被一种先知式的悲伤困扰。在第一个分岔道，他就已经知道，那些同行的友人最终会离他而去。基本上，他注定了终生都是奥兹的稻草人，如果他看起来比那个温和的角色更严厉，那是因为他所寻找的城市更加难以企及，他甚至没有胆小狮陪伴。他唯一知道的是，通过走近自然，在每个落叶飘零的秋季，他需要咨询的不仅仅是那些先行者，也包括后来人。在《物种起源》发表之前，他就在写作了，但是这位来自康科德的稻草人身上，缝着一双惊人的眼睛。

梭罗身上有一种独特的敏锐。他孜孜不倦地从自然中寻找同伴，如同他曾经饶有兴致地观察过，一种爬藤植物将触手抓向不存在的枝干。但是，像达尔文一样，他也曾目睹了大自然中最恶劣的行径。在濒死之际，他仍然心有不甘，要求被抬到窗前，但求一瞥又一个春天。

在梭罗的日记里，有一节他观察到，渔夫向透明的河水中撒出的渔网，并不比阳光下的蜘蛛网更显得打扰了大自然。"充其量，这也是非常细微的、有教养的暴行"，他如是总结道。在这种对称性中，他意识到，它们是人类存在于大自然中优美的纪念品。这种发现，好比鲁滨逊在荒岛上发现了人的足迹。此外，渔夫的拉网也恰恰象征了人类社会里微妙的关系，人作为一种社会性动物，如此深深地交织于其中。有时，在智识层面上，达尔文也曾试图从同样的网中挣脱，就好像他在热带雨林中被巨型捕鸟蛛困住了一样。

在一生的大部分时间里，康科德的这位不大旅行的居民，还是设法从类似的网眼里轻易地进出了多次。他就在那里，像某些精瘦的游鱼一样，出奇地细心谨慎，却又带着奇怪的疏离感，毫不畏惧地浮游着。梭罗曾多次评论过，"如果我们看到自然似乎停滞了，那么很快，一切都会死亡、腐朽"。那这个假想的大自然里，人只是另外一种创造物，如果你不是凑到很近观察的话，那么人类的文明也就好像是路旁冒出来的毒蘑菇。一切都在流动，无物停驻。

相反，博物馆是地下墓穴，葬着逝者死去的自然。梭罗没有像达尔文那样努力把生命世界编织到一起。跟现代人不同，梭罗也没有一直在怀旧般地寻找外星生命。他尊重不同生命对孤独的需要，正如他看着一只雀鹰自顾自地在空中舞蹈。"看起来，在整个宇宙中它都没有同伴，它也不需要任何同伴，它需要的只是那个早晨，"这句评论潜意识里刻画的是他自己，"它并不孤独，但它让身下的整个地球显得孤独。"

还有一次，他径直说道："与村镇里的主流物种相比，狐狸遵循的是另外一套不同的秩序。"狐狸是孤独的。这是狐狸与稻草人之间共有的最深层的秘密。它们都是丛林边缘的创造物。梭罗最为独到的一个洞察在于，他意识到了个体创造性的孤独，人类作为进化后的动物努力要过"一种超自然的生活"。在某个意义上，这象征了微观尺度上同样有创造性却孤独的突变基因。他评论道："有人只记录了他们如何经历了这个世界；另一些人，记录的则是这世界如何经历了他们。"

梭罗在他的日记里记录的就是后者，这让他的朋友们感到难以理解。虽然，像达尔文一样，他最终也没有找到他所寻求的东西。他找到了一条路，不过似乎没有同路人。尽管如此，他似乎在内心里认定了，这条路是伟大的心智漫长的旅行。梭罗，这位深居简出的宅男，酷爱搜集旅行文学作品，但是他自己不愿意出游。事实上，有几次他将那个他所称为的迷宫——如同一栋房子——视为一个有待逃离的地方。我们自以为了解的自然，从来没有完全容下梭罗。

"我多少有着双重人格，"他写道，"因此我能够远远地看自己，犹如看别人一样……人生的戏很可能是出悲剧，待其演完，观众就自己走了。这自然是虚构的。"梭罗也暗示了，另外一个物种，也许是未来更冷静、超脱的人类，既可以充分地生活，又可以像欣赏伟大的艺术那样欣赏生活。这项天赋目前还很稀有，而且对像我们这些在世间生活的凡人来说也没有足够的吸引力。

有一次，在巡视的途中，梭罗遇到了一个不寻常的回声。忍受了乏味的同伴多日，他惊喜地记录了这一大自然的慷慨馈赠。他打算逗留一阵子，并向天空呼喊，呼唤那个类似他自己的声音。他重复道，在大自然里肯定也需要有某种类似的双重人格，"如果我们经常听到的正是我们曾经听过的声音，那么这会怎样？回声……是我听到的唯一相似的声音"。

5

梭罗的这个问题，集中体现了人类的困境。这也是为什么我在象征的意义上谈起我们退回精神的冬天，为什么我引用爱斯基摩人关于智慧的谚语。在《物种起源》发表的前夕，梭罗对演化思想不带任何恶意地评论道："这是落潮，伴随着科学报道。"

有人认为这句话颇有趣味。但是梭罗到底在表达什么？他是在英国功效主义哲学中——达尔文主义的某些方面也是它的伴生物——感受到了一阵逼近的寒冷、一场消声的大雪，再也不能听到回声吗？悖论在于，梭罗欣喜于简朴的生活，对维多利亚时期科学追求的简约原则却嗤之以鼻。后者有悖梭罗的超验主义视角。为了说明我并没有故意夸张了他们之间的冲突，请读读达尔文晚年对自己著作的评论：

"我此前并没有正式地、充分地考虑结构的存在，"他坦白道："据我们判断，这谈不上有益也说不上有害，而且我相信这是我著作里目前发现的最大疏忽。这使得我作出了默认的假设，即，结构中的每一个细节都有某种特殊的用途，哪怕我们目前还不清楚用途为何。"

我们知道，梭罗已然表示过这样的担忧：人类正在被他创造的工具奴役，悲哀的是，这也包括被自己创造的观念奴役。即使是现在，那些目光盯着过去的人，不顾达尔文迟来的忠告，急切地——甚至有点傲慢地——告诉我们：由于我们从遥远的古新世的森林里走出来，所以会天生如此这般地行为，并且具有种种先天的局限，这就是演化的规律，存在即合理，如是云云。在一个比喻的意义上，这种宣言几乎与那条扭动的寄生虫有着同样膨胀的、摧毁人类的邪恶。它们让人画地为牢。事实上，人类正在被一只幻想中的寄生虫所折磨，它的确会在特定颜色的眼镜中越长越大。这正是奥兹的诸多魔法手段之一，但绝不是全部。

不同于某些当代先知，梭罗谈到了他在进出大自然时感到的自由，谈到了人的生命的独特之处"不在于他顺从自己的本能，而在于违背他的本能"，这一点不是很明显吗？梭罗知道，其他动物对人类表现出的行为，恰恰说明了人类还远远没有成为他假装出来的有教养的模样。

在此，我们必须对这两类演化哲学做一番总结，然后再来听听爱斯基摩人怎么说。在维京人的《埃达经》里，有这么一段：

地上的日子，举步维艰……

刀戈、剑戟，征战有时……

狂风、虎狼，直至世界分崩离析，

人类无法和平相处。

通过这些诗句，传来了吞食天地的巨狼芬里厄的咆哮声。在今天深埋着的火箭发射塔下，它在等待着属于自己的时刻。在《瓦尔登湖》的最后几页，梭罗最为睿智的一句评论事关科学知识分子不时提出的要求，即，人讲的话必须时刻被他人理解。梭罗评论道："人，或毒覃，都不是这样生长的。"自然界中不乏涌现出的新奇特征，我们并不总是彻底理解它们，如若不然，我们就不会变成今天的样子。

梭罗对于回声的敏感，在此处体现得最为强烈——他所关切的是流动中的人类，而不是演化史里的人类。他迫切地想知道，人类的心智能够向内探索到何种程度。他焦灼地问道："如果我们目前还不具备条件来实现注定要实现的事情，那我们有何替代方案？"他听到的回声，是来自未来的回响。

最后，他用一段话集中回应了丛林法则，无论后者是来自维京时代的海盗，还是他们当代的后裔。梭罗说："美德的幼胚被多次阻挠，终于无法发育，夜晚慈爱的气息也无法保存它们……这样，就本性而言，人类与野兽就没有太大的区别。"

最后一项限制因素是否包含了人类真正的、自然的处境？不，梭罗会争辩道，因为自然永远活在对未来的期待里。梭罗是未来的一部分。他朝着未来走去，并知道，人必须通过自己的创造，未来才能由内而外涌现出来。这就是为什么梭罗看到了工具的双重性质，并对它抱着怀疑的态度。

据阿拉斯加的爱斯基摩人记载，宇宙的灵魂，那个维护者，从未现身过。不过，有人会偶尔听到他的声音，比如天真的儿童，或者在暴风雨中，或者在阳光下。达尔文和梭罗都否认了存在传统意义上的天堂，而且有传言说梭罗在等待一位从未到来的访客。尽管如此，他已经感受到了雄伟的不可见之力。在爱斯基摩人听来，这个声音说的是，"不要畏惧这个宇宙"。

人类，自从利用心智制造符号伊始，就开始寻求解读宇宙的路线图。不要相信那些呆头呆脑的学者所告诉我们的，人们开始写作是为了方便计数，或者为了购买油盏。事实上，人类是一种晦涩透顶的动物，他丧失了本能，必须不断地寻求意义。我们忘记了，人类和孩子一样，早在开始写作之前就开始阅读了，而且读的是宇宙中伟大的字母表（柯勒律治语）。很久之前，我们的祖先们知道，正如今天的爱斯基摩人也知道，在风暴和极光中隐藏着自然的指令。通过岩洞墙壁上的画，或者通过萨满来解读焚烧后的野兔肩胛骨上的裂纹，我们可以卜测未来。鸟群的飞行轨迹也可以阅读。梭罗孜孜不倦地尝试着解读他的瓦尔登湖，正如达尔文，以他自己的方式，解读加拉帕戈斯雀的喙中隐藏的信息。

但是这些信息，像宇宙中其他所有的信息一样，也是玄奥莫测。

几个月前，在墨西哥湾沿岸的一个偏僻小岛上漫步的时候，我瞥见了一个美丽的贝壳在浪花中翻滚，它的表面似乎有奇怪的文字。出于好奇，我跳进浪里，把它捞了出来。金色的字符，好像是汉语里的象形文字，沿着对称线在贝壳的锥形表面排开。我兴奋地举起它，好像我从大海碧蓝的深处收到了一条信息。

后来，我把这个贝壳小心地包好，拿到了海港附近小镇的一条后街小巷里，找到了一个古董店老板。

"大西洋假芋螺，"他飞快地告诉我，"俗称字母贝壳。"

但是为什么说它是"假"芋螺呢？我小心翼翼地拒绝了老板的开价，但在离开那个古董店的时候，还是忍不住思忖这个问题。我确信，这个贝壳里包含了一些信息。我们正是靠着信息才活着——所有真正的科学家，所有热爱艺术的人，不如说，任何行业里真正的个人。有些信息无法解读，但是人总是会不断尝试。人渴望理解信息，一旦人不再寻求信息、不再试图解读信息，人就不再成其为人。

现在，那个小小的字母贝壳躺在我的书桌上，我毕恭毕敬地欣赏着它，就像在欣赏一个记载着逝去文明的石板。它传递的消息是真实的，正如梭罗在晚年听到的遥远的回声一样真实。

要不是遇到大西洋假芋螺，也许我再也不会经历如此彻底的一次启示了。给它命名的人误读了它，也彻底误读了它携带的宇宙信息。每个人都从自然的远古字母表中解读它的秘密，但局限于其认知深度所能赋予意义的程度。对达尔文和梭罗来说，也同样如此。那个金色的字母表，无论它以怎样的形态呈现出来，都不是假的。从那神秘莫测的字迹中，涌现出了人类和他们梦想中所有流动的幻境。

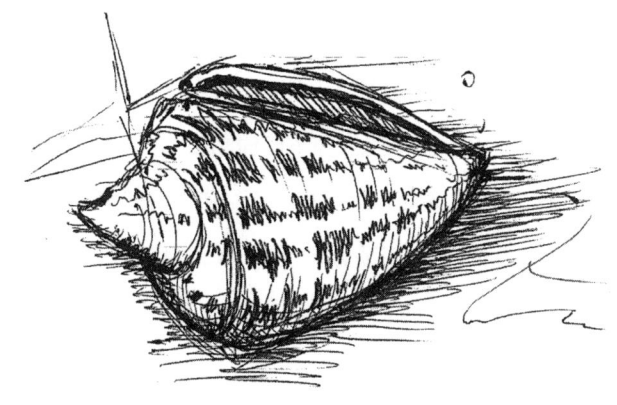

第七章
隐形的岛屿

"我说，他用妖法占据了这岛，从我手里夺了去。"

—— 凯列班 [1]

南纬 60 度，在南极冰盖逼近的阴影之下，穿过海底深处冰冷刺骨的洪堡特洋流，一只巨大的鲸鱼浮出水面，最后被一击命中。当年的航海日志里写着："从它的鱼皮之下，我们发现了好多来自不同时代的捕鲸叉，我们是最后致命一击。"

有史以来，什么样的长矛曾被用来攻击地球？何种史前动物的巨口，曾经藏在暗处，等待时机，给了她致命一击，并粉碎了她的石头？哪些巨大的基石，深埋在地下，依然标记着古代征服者的丰功伟绩？时至今日，哪些可洞穿数英里

1　出自莎士比亚《暴风雨》第三幕。——译注

深的转头和精确制导的导弹，出自更为暴力的双手，正在测试着地球的防御系统？但是地球照常飞行。她的时间还没到。那个可以劈开地球心脏的刀刃尚未被锻造出来。

地球是所有创造物中最伟大的一个。在她毛茸茸的表皮之下，藏着一颗虚无的黑暗之心，从那里诞生出了所有的生命。她是最为谨慎、最为完整的动物，因为她没有把自己局限为任何一种形态，而且最后，她悄无声息地摒弃了所有的形态。她是那个包含了所有生物的完整岛屿。其他的生物，包括人类，在某种程度上都残缺不全、虚幻缥缈。但是，正是这些魅影一般的存在，包括大洋深处的鲸鱼，标记了我们的思想。

赫尔曼·梅尔维尔曾经谈起过那些"从未被地图标记过的地方"，他也观察过那些巨大的两栖动物，以及那些我刚刚谈到的有鲜活生命的岛屿，并发现，我们并不知道这些动物硕大的头颅两侧的小眼睛是否能协调两侧的视野。如果不是的话，这些巨大的、独来独往的野兽，带着其背部传承多年的老旧的武器，在挣扎着跌入死亡的深渊时，看到的就是两个不同的世界。通过其中一只黯淡的、深情的眼睛，它看到的是它古老的母亲，起伏波动的辽阔海洋；通过另外一只，它看到的是无法表述的预感，人的样子开始显现，带来的消息是死亡与改变。因此，这就是那只垂死的鲸鱼从它无法协调的双眼里看到的地方，哪怕就一瞬间。在那里，过去的自然与未来的涌动交融在一起，最终永远沉入黑暗之中。这个时刻值得铭记，因为，有一天，这也将发生在人类身上。

的确，过去与未来已经交融在一起了，并且把人变成了他本来的样子，一个隐形的岛屿，正如那头巨大的鲸鱼也是一座岛屿，也正如焦黑的火山熔岩群岛上所产的各种奇形怪状的、矮小的或巨大的生物，分布在那些隐秘的、航线员无法测量的纬度地带。这不由得让人对人性产生冷峻的反思：我们对于最适者的胜利大书特书，但对那些失败的幸存者却鲜有关注，但它们同样改变了世界，甚至使世界陷入疯狂。

人类正是这样一种创造物，但是故事的起点要远远早于人类的诞生——这只是一个偶然的胜利。宇宙，就我们能看到的而言，充满了奇异事件。这些故事的主角，看起来是那些跌跌撞撞的小生物，它们看起来无足轻重，像那个无助的小女孩爱丽丝一样，掉进了兔子洞，或者通过一个意外的裂缝，进入了某个一团混乱的未知空间。这些生物时常不无遗憾地发现，自己居然意外地要扮演巨人的角色。生命世界里的勃勃生机，不仅仅表现为生存斗争；往往，生物在经历了意外事件，几乎预兆了它们的灭绝之后，才获得了某种竞争优势，就好像，一切生物都具有一种逆万有引力，试图挣脱中心之火，或者逃离海洋之母。如果说，无生命的星系在一往无前地向外飞去，那么，在生物体内，同样有一种无法解释的、渴望分裂的神秘力量。关于伊甸园的神话，关于巴别塔的神话，以及现在不断演变的科学本身，都证实了自然的这种倾向，就好像，假如我们能够看到，或许一切似乎都在朝着无数个出口碎步疾行、跳跃前进。孤寂，在觉察力较强的人看来，可能是一种痛苦，但是人类正在阔步远离他的起源，而且他的技艺越来越抽象，越来越以自我为中心。人类已经从林中的孤独走向了更可怕的内心的孤独。

几个月前，在一个大学的报告厅，我清楚地看到了这种异化演变到了何种地步。为了阐明一个要点，我提到了一只小小的鹿鼠，这是一种新发现的小生物，四肢上是白色的毛，活力四射，极富探险精神。当时我看到它溜进了报告厅的地下室，报告的内容是拜占庭帝国。过了一会儿，这只小动物，带着它天真无邪的愉悦，爬上了一张空椅子，颤颤巍巍地挺直身子。与此同时，那位国际知名的历史学家仍在对听众讲演，他绝对想不到，在下面的听众之中，竟然会有这样一张满怀期待的面孔。

在我自己讲过这个故事之后，有一位年轻的女士走到我身旁，呵斥了我。她一本正经地指出我用了愚蠢的拟人手法，违背了客观证据的原则，在她熟知的心理学圈子里，这

肯定是要被怀疑和轻视的。

　　我叹了一口气，不情愿地坦白道，考虑到那只小鼠还比较年幼，八成是新近从田野来到了这里，它或许还无法彻底理解整场讲座的内容。尽管如此，对我这位疲倦的同行，这位伟大的历史学家而言，他或可感到欣慰的是，小鼠至少尝试了。

　　我认真地解释道："你看，我们见证的可能是某种类似爱丽丝的情况，不过正好反过来了。那只小鼠通过墙上的一道缝隙，自然里的一道裂缝，来到了会场，而人类，也曾多次穿过类似的缝隙。我承认这些生物不是总能找到出路，而且这只小鼠来到会场的概率非常之低，但是谁知道，当一只小鼠比研究生对拜占庭历史更感兴趣的时候，会发生什么呢？这可能需要一些时间，甚至要几代人的时间，才能尘埃落定。"

"恕我直言，"我向这位年轻的女士辩驳，"当我们都在一个泥淖里挣扎，并尝试着使用刚刚出现的脊椎骨逆流而上的时候，你认为你指控我犯了拟人错误的胜算有几成呢？"我继续说道："你还记得，这些都是比喻意义上的进口和出口，在它们下面有时的确有一些王国，有时是灾难，有时两者兼备。"

"但不是拜占庭帝国。"那位年轻的女士愤怒地抗议道。

"我的朋友相当有希望，"我不依不饶，"它显然比多数同类更富关切，更为警醒。毕竟，最初的两种生物发明了词语，必然启发了我们的祖先，而且当时没有人，没有任何人，会给他们讲解拜占庭帝国，因为，因为拜占庭帝国"——这时我有点无法驾驭话题的走向了——"还在未来。"我伸出一根手指，朝天空大致比划了一下。

"那这就不是在兔子洞里了。"这位咬文嚼字的女士说道。她的得意溢于言表，"它哪里也不在。"说完，她就走开了。

"这位女士明显是某个隐秘组织的成员，她们的任务就是让事物保持原样，"我在后来跟一位朋友的通信里写道，"在生物学上，我们可能会称之为生命的界面，这是一个网，它让事物都保持在原处，即，现在。"

　　我继而补充道："但它不是一直管用，事物总会逃逸。我们自己就是一个例子。也许不是一个好例子。关于小鼠……"

　　几天后，我收到了回信，却令我心如死灰。

　　"灭鼠队已经来了。你的缝隙关闭了。毫无疑问。"

　　灭鼠队。我的脑海里不断回响着这个严厉的字眼。全能的主啊，我们干了什么？这张大网变得越来越紧了。人类正在拉扯它。结果非常令人震惊。我想起了儿时经常去玩耍的一条潺潺的小溪。当年里面还有翻车鱼，也有乌龟。现在，它成了臭水沟，满是油污。没错，大网正在收紧。在整个地球上，这张网都在收紧。即使是极地的冰川缝隙，也受制于人类的审视。

　　或许有人会说，这种审视从 1835 年就已经开始了。那一年，年轻的达尔文，乘着"小猎犬"号军舰环球航行，在距南美洲西岸 600 英里（1 英里 =1.609 344 千米）的加拉帕戈斯群岛下了锚。在岛上，年轻的达尔文观察到了欧洲没有的一种鸟，并进行了推测。他在笔记本上草草记录了他的观察，但直到四分之一个世纪之后，才有了成果。这位年轻人沉思着，群岛上生物的差异，"非常值得研究，因为这些事实将会冲击物种稳定不变的观念"。

2

我常常饶有兴致地观察溪流水面的昆虫，这些小巧而精致的生物甩开羽毛一般的腿，从水面掠过，留下一串酒窝。它们呼吸空气，同时能在湖泊与河流上自由飞驰。它们所漂浮的水面，几近虚幻，却是生命的界面，同样具有表面张力。在这里，每一种生物，就像原子，都会直接或间接地对其他生物施加一种巨大的凝聚力。水黾演化出了自己的方式，逃脱了水面的围困，让那些更为笨拙的生物相形见绌。就这样，它们战胜了这种危险的介质，成功地将表面张力为己所用。

类似的，人类也战胜了整个生命之网，并为己所用，在上面飞舞，只留下几个酒窝。就像水黾，人类掌握的自由里有一丝危险的成分。不过，水黾的自由还是相对的，它仍然包含在自然之中。我们忍不住会思考这些隐藏的力量，在自由与灾难之间，它们产生出了如此微妙的平衡。因为，这种性质的自由是罕见的，在人类身上，这种自由不仅罕见，而且独特，因为他在阴影里起舞，而阴影来自他的头脑。

在讨论阴影之前，我们有必要界定一下所谓的生命之网。不久前，一个夏天的清晨，我抽空去了一个乡间墓地，到一位朋友的墓碑前访问了一趟。此行给我留下了深刻的印象。出于夜间的某些状况，在那片荒凉的草丛中，一片墓碑被一层蛛网遮蔽了，闪烁轻盈的蛛丝覆盖了凹陷的墓冢和碑石，没有任何遗漏。

这样，死者被联系在了一起，就好像它们活着的时候一样。就好像，这些纤弱的蛛网，在朝阳的轻抚下，把墓碑下的死者与地面之上的生者暂时紧紧地联系了起来。夜间工作的蜘蛛，临摹了一份复杂的网络，把过去的生命与现在的生命勾连起来。而且，现存的生命，对于任何试图打破既定世界秩序的新生命，构成了一个微妙的障碍，虽然它并非牢不可破。

正当我观察着这片蛛网的时候，一只有着金色翅膀的苍蝇，从蛛网下嗡嗡飞起，试图朝太阳飞去，但翅膀马上被蛛网缠住了。我们的类比到此为止。生命的确与过去密切相关，同时也被现在牢牢掌控着。草丛下的死者，可以被比作维系了今日的幸存者的地基，并控制了贯穿整个生命之网的力量的走向。

那只金色苍蝇最终会死去。尽管如此，终有一日，蛛网

会被风卷走，或者有一天，沉睡的墓地被大雪覆盖，呈现出不同的状态，甚至是更为深刻的安详。用约翰·缪尔的话说，每一件事物往往都牵连着其他所有事物。但这并不是全部，否则生命就不会开始踏上演化的冒险之旅。生命网络里的绳索是真实存在的，它们的确按程度拢集着形形色色极端的变异。幸运的是，对于试图挣脱束缚的生命，这些紧紧牵制的绳索有时会突然断掉。远古的爬行动物终于让位给了恒温的哺乳动物。

　　有时候还算不上绳索断掉，甚至连丝线断掉都不算，而只是一些跌跌撞撞的生物在野蛮的竞争过程中，不断地碰壁，不断地碰壁，直到从这个看似密不透风的网络里发现了一条秘密通道。一只困在沼泽地里的古老的鱼，跟跟跄跄地用鱼鳍爬上了岸，然后发现它在新的陆地环境也可以安全地发育。再后来，一只笨拙的、跳跃的爬行动物，又跌跌撞撞地飞上了天空。

　　这是生命世界里如兔子洞般深不可测又激动人心的一面。大多数这样的实验都是小规模的，最多不过是局部的调整，不过使得生命的网格变得更为致密而已。人类，自从成功逃离了这张网，就一直在忙着把这张网扎得更紧，几乎要把网内其余的生命勒死。现在，人类似乎有能力随心所欲地撕开这张网了。但是，在朋友被蛛网覆盖的墓碑前久久伫立并沉思时，我意识到，即使是人类，也无法彻底摆脱生命之网的拉奥孔式的拥抱。在现代实验科学的黎明之初，弗朗西斯·培根爵士曾经提醒我们注意这一事实：大自然偶尔会有极端的"丰沛"，一个极佳的例子便是今天的人口膨胀。这位伊丽莎白时期的哲学家也知道，这些不规律性，最终仍然受到事物本性的约束与控制。

　　就我们目前的了解而言，生命的能力是有限的，在高等生物中尤其如此。事实上，高等生物只能存活在特定的温度范围内。此外，生命需要水来维系内环境，而且需求量非常大——当然，这都是以我们目前所知的太阳系里的例子作为参考。长长的食物链，从微小的纤毛虫到巨大的鲸鱼，供养了各种各样奇怪的动植物。人类本身也是食物链的一环，但是他逐渐尝试着，有时不顾后果地，篡改自己的环境，于是招致了培根所警告过的"自然的野蛮报复"。

生命把自身散播于无数微小的环境里，从而存活了下来。它能适应极端的温度与压力，如海底深处；能适应需要把水分囤积在植物壁里的干燥，如沙漠地带；也能适应导致呼吸困难的稀薄空气，如喜马拉雅山脉。在以上所有环境里，有一个事实凸显出来：在这些严酷的考验下，生命也变得更为稀疏，甚至濒临消失。

在这个消失的过程中，最先失去的是最高等神经系统的复杂性。所有的突变都服务于一个目的：抵御外界的不利因素，并用强大的屏障保护内在的生命力量。不过，对外部世界的近乎完全的拒斥——无论生物为了在恶劣环境下繁衍生息，何等机智地利用了周遭的资源——意味着生命与环境之间不再有强烈的有意识的互动。于是，留下的就是耐旱植物、即使脱水也不会死去的纤毛虫、在大洋底部噩梦般的淤泥里小心翼翼地觅食的螃蟹，或者是沙漠里能在身体里合成出微量水分的几种穴居动物。尽管如此，生命之网并未破裂，越过高山，潜入深海，处处都有纤细的生命丝线。

这个生命的界面，也叫生物圈。如果用一个日常生活的例子来打比方，不妨想象把一个表皮质密的水果，比如说橙子，放进水里。再拿起来的时候，橙子表面的凹陷处不均匀分布的那层水分，就类似于地球表面的生物圈。在两极地带和冰雪覆盖的高原，生物的含量更少；在极端环境和沙漠地带，生物会潜入地下，甚至消失。

这只是一层单薄的生物膜，但极为复杂。生命得以存在，因为我们有含有氧气的大气层、适宜的温度，以及海洋——在宇航员拍摄的地球照片中，它是如此之美。地球在一颗小恒星的照耀下自转着。在寒冷的冥王星[2]，太阳系最外围的行星上，太阳看起来只有大头钉一般大。即使在地球这般优越的环境下，大部分的生命史也被埋葬在了逐渐风化的地下层。地表的生命之网，似乎每时每刻都承载着常青的世界，维系着永久的平衡，在不同的纪元里悄悄地被重新编制。一个夜晚就把墓碑缠绕起来的小蜘蛛，以微缩的方式，重现了我们与动物祖先的紧密关联。

我们注意到，在达尔文闯入加拉帕戈斯群岛，观察到那里罕见的生物之后，他对生物演化的猜测得到了确认。等到他写作《物种起源》和《人类的由来》的时候，他重点思考的是如何解释演化的路径。回答是，通过自然选择。换言之，携带了有益遗传突变的个体，在生存竞争中活了下来。

这里，我们不必追究现代遗传理论的细枝末节。在达尔文的时代，学界对演化的理解更侧重于种内竞争，这种侧重

2　冥王星现已降为矮行星。——编者注

甚至到了夸张的程度。在现代人起源的问题上，这种简单化的解释大有卷土重来之势。在 19 世纪，莫里茨·瓦格纳提醒了达尔文，隔离对生物体的变化必定发生过影响。达尔文回应道："如果我忽视了隔离的重要性，那才是件奇怪的事呢。要知道，正是由于在加拉帕戈斯群岛上目睹了隔离对生物体的影响，我才开始考虑物种起源的问题。"

尽管如此，达尔文自己也坦承，他的认识发生过"剧烈的摇摆"，一方面是大陆上存在剧烈的生存斗争，另一方面是加拉帕戈斯群岛上不同类型的生物和平共存。事实上，自然选择是一个含义广泛的词组，它囊括了不同类型的变化，甚至也包括对某些变化的抑制，比如，上述筛选之网中并没有对应的缝隙。由于岛屿天然地与世隔绝，它们为生命之网敞开了崭新的、意外的裂缝，给予那些落伍的生物机遇。它们也许携带着隐藏的、新颖的遗传学特征——在竞争更激烈的环境里，这种新特征可能一直都隐而不彰。

竞争可能只是简单地抑制了某些潜能的出现。第一条陆地行走的鱼，按照现代的标准，只是一只笨手笨脚的、效率不高的脊椎动物。换言之，它是水域里的失败者，但它成功爬上了岸，来到了脊椎动物尚不存在的陆地上。在危急时刻，它逃离了天敌。接下来的很长一段时间，它都有机会优化自己，适应新的生活方式。随着我们的鱼类祖先探索陆地上的其他环境，并开始创造一个崭新的生命之网，适应性辐射与生存斗争才开始出现。

　　要有一个遗传之岛，一开始必须要有隔离的屏障。这可以是一个真正的岛屿，比如，自从库克船长以来，无数航海员朝思暮想的所在。另一方面，这些"岛屿"也可能是一个山顶，或者是冰川隔离带。无法跨越的溪流可能也算，或者是季节性的屏障。屏障也可能单单出现却无法被发觉。无论如何，从大尺度而言，它必须要为生命的出现提供新颖的遗传改变。单单靠生存斗争，生物很难发生大幅度改变，充其量只是细微的变化。固然，它在演化过程中发挥了重要作用，但是，即便少有地出现一个全新的生物，生存斗争并不是唯一的、也不是主要的因素。我们必须时刻记住，自然选择已经成了老生常谈，它可以同时拥抱激烈的改变，同时确保生物的传承。

　　今天早晨，在我家后院的草坪上，冒出来一朵硕大的蘑菇，不是常见的品种。它看起来像是变形的肝脏，或者其他形状丑陋的器官。一个浓雾弥漫的夜晚足以让它们出现。如果天气合适，还会出现更多。有可能，它们的孢子一直在等待——天知道等了多久。浓雾的到来，就像是生命之网中出现了一个裂缝，是诸如蘑菇之类适应潮湿与阴暗的生物可以抓住的机会。现在马上要入冬了，选择这个时机出现，为它们的出场更添了几分戏剧色彩。这不由得让人思考，史前人类的头颅里，是什么样的语言孢子，什么样的深夜浓雾，引起了难以置信的"神经蘑菇"——人类——的出现？

3

　　岛屿可以被看成是从远古塞进现代的某种东西。在一定意义上，它们属于不同的时代：螃蟹有螃蟹的时间，海龟有海龟的时间，狐猴有狐猴的时间，在马达加斯加岛上就是如此。可以设想，某个岛上包含的是未来的时间——上面的生物跟世界其他地方的并不同步。也许通过某种神秘的方式，岛上的所有生物都生活在不同的时间维度。至于人类，他们是所有生物中最古怪的，不属于任何时代，不属于任何岛屿。他们没有被任何海岸包围，除了一圈阴影。就像暗夜的蘑菇，他们悄无声息地拔地而起。

　　岛屿也是一种极端环境，经常出现相差甚远的生物。在一个岛上，食物匮乏或空间狭小可能会诱发更多的矮小生物；在另一个岛上，开放的生态位，天敌的缺乏，或者某种不受束缚的基因漂流，可能会诱发巨型生物。一个马上想到的著名例子，是加拉帕戈斯群岛上的怪兽——大海龟。人类则是一个更为独特的景观，从一开始孤立无援的小不点，逐渐变得巨大、神秘、可怕，仿佛是德国传说中的布罗肯幽灵一般。托马斯·德·昆西[3]曾经强调，如果有人能够跨越自己，那么，这团光与雾的幽灵也能够跨越自己，但它带着犹豫，而且有时也有一丝逃避的气息。有人也许会认为这不足为奇，就像一个幻影在云朵上飘过，但是，在那个延迟的、不确定的姿态中，原始人类在山上投射出一丝含混与恐怖。因此，在富有洞察力的眼睛看来，人类这种生物以及他们的映像，同时存在着微观与宏观的维度。

通过某种类似的方式，人类在一座岛屿上崛起——不是在一个可见的海洋中的岛屿，而是在某种隐秘的林中草地。人类的个性，他们未来的模样，都产生在脑内隐形的岛屿里——这个岛屿笼罩在声音的迷雾里。这样，生命之网再一次被扯到一边，一道隐晦的阴影迅速挤过丛丛蛛丝，逃逸至一个崭新的、前所未有的维度里。经过这次惊心动魄的事件之后，自然世界再次回归原形。

当然，在时间的深处，这次事件发生在特定的地点。不同于达尔文发现的那片束缚了岛屿上新物种的海域——这次新出现的岛屿，它的海岸线似乎无边无际。这个岛屿，无论

3　托马斯·德·昆西（1785—1859），英国散文家，以《一个英格兰鸦片吸食者的自白》知名。——译注

　　　　　　　　　　　　　　　奇异的宇宙

它起源于何处，都是由空气中富含意义的声响创造出来的。这个岛屿依赖于人类最卓越的工具——文字。慢慢地，文字开始区分过去与现在，开始展望不可见的未来，把虚与实结合起来，并为人类所用。从此，人类不再像其他动物那样，囿于肉眼所见和当下的世界。他们能够在观念上对世界进行对比、区分、重组。在真实的野性的自然上面，人类开始投射出一个幻想的疆域，一个文化的世界。最终，人类建造了城市，熙熙攘攘、熠熠生辉，就像一个正在扩张的大脑里的神经胶质细胞。

从文字里会飞升出无数的幽灵，它们是如此巨大，让人畏缩、抽泣。当年作为动物，人类对它们从未感到任何敬意或者惧怕。言之有物的文字会拓展人类的权能。如果使用不当，文字也会给人带来折磨，甚至把人囚禁。文字也可能把人类提升到光亮之处。即使在荒凉野蛮的北部世界，在离地中海文明很远的地方，古代北欧诗人也会被人赞叹，因为他们有能力打开"文字宝库"。在我们当代，这个幽灵岛屿已经笼罩了全球，从这里，人类开始向更远处的星空眺望。

隔离产生了人类，正如在大西洋的南特立尼达岛上，如阿普斯利·彻里-格拉德所记录的，出现了另外一种极为诡异的，完全被螃蟹霸占的世界。在那里，探险家遇到的不是无害的巨型海龟，而是一场噩梦。他写道："那些螃蟹，从每一个犄角旮旯里盯着你。它们的眼睛死死地盯着你迈出的每一个脚步，似乎在说，'只要你倒下了，我们就会把你吃掉，直到尸骨无存'。在这个岛上，想要坐下或者睡觉都是致命的……无一例外，所有这些螃蟹都在盯着你看，眼神里透露着病态的盘算，对你亦步亦趋。"

在地球这一颗行星上，就有如此繁多、彼此隔离的岛屿，这为我们提供了海量的信息。因为，从地质时代而言，这些岛屿都比地球本身更年轻，这意味着，此时此刻，生命仍然生机勃勃，创造着新的生命形态。在加拉帕戈斯群岛上，达尔文看到了一个爬行动物的世界，从古代沉睡到了今天。在某个意义上，达尔文是正确的，但是岛屿却不止于此。它们其实是另一种可能世界的缩影，正如南特立尼达岛上噩梦般遍地的螃蟹代表的是人类以外的另外一种令人难以置信的可能世界。每一个这样的岛屿世界，都偶然在过去的不同时间点转入了新的轨道；每一个岛屿都携带了一种新涌现的特征。人类也只属于其中一个岛屿，当然，他后来入侵了其他的一些岛屿。但除此之外，人类本身独占一岛，关于这个隐秘的岛屿是如何通过遗传隔离而出现的，我们目前知之甚少。

在生物时间里，还没有哪个世界被创造出两次。但是，从它的裂缝与罅隙里，经过漫长的间隔，出现了一次又一次崭新的、令人意外的生命，在那之前它们的命运无法被预

　　　　　　　　　　　　　　　　奇异的宇宙

料。当第一只总鳍组鱼艰难地爬行到地面，开始呼吸空气的时候，情况就是如此；当第一只前冰川时代的猿人用声音来区别今天和明天的时候，情况也是如此。正是通过诸如此类的意外，猿人才最终建立起一个世界。

在意识之烈焰的驱动下，他们摄入的不再只是简单的食物。相反，他们要从心智里的偶然性与可能性中汲取营养。他们要从创造了他们的大自然中跨越出去，最终从一个旁观者的客观视角反观大自然。由此产生的裂缝，在我们这个时代正日益扩大。就好像，我们自己创造的这个岛屿，正随着不定的洋流漂泊——如同加拉帕戈斯群岛之于初次登陆的古老航海家们，所有的计算都变得毫无价值。

早在一个世纪之前，梭罗凭借他灵敏的耳朵，察觉到了人类灵魂里日益膨胀的布罗肯幽灵，继而坦承自己宁愿欣然坠入"那些布满树叶和橡子的罅隙"。这位敏锐的哲人感到有必要再度隐居，在大自然中找到休眠之所。他在寻找那条穿越层峦叠嶂的小径，那在我们身后已经关闭、不复打开的自然之门。当人类写出第一个文字的时刻，仿佛魔法一般，他们就从那令人窒息的藤蔓网络中穿越而出。从这一刻起，他们与猿类亲属分道扬镳，创造了自己的命运，再也无法回头——除了一个例外，这就是：通过富有想象力的洞察。在一些伟大的博物学者身上，这一点体现得尤为突出。

4

前人多有述及，海洋岛屿提供了一个避风港、庇护所，一片萧条空白的净土，新的生命形态足以短期生存。用一位研究岛屿生物群的学者，谢尔文·卡尔奎斯特（Sherwin Carlquist）的话说，这些新的生命形态，远远不是大自然的成熟产物，它们往往"效率不高、不知畏惧、跟时代脱节"，无法在自然竞争中活下来。既然如此，我们怎么能说它们跟陆地上的生存斗争有任何关联？而在陆地上，连博学睿智的达尔文都难以解释，为何这种裸露着身体、行动能力也不强的史前人类能够在各种猛兽的爪牙之下活过来？

事实上，达尔文是如此困惑，他甚至开始疑虑：原始人类是否起源于某个岛屿？达尔文在两种观点之间纠结：起源之初的人类到底该被视为是一种弱小的、需要保护的生物，还是长着獠牙、准备逐鹿非洲大草原的猿类怪兽？但这位伟大的生物学者却没有完全察觉，人类在潜意识里从虚空中创造出了一个不可见的、扩张的宇宙。

上文里，我们谈到过爬上岸喘着稀薄空气的鱼，在满是爬行动物的暗夜里游荡的恒温哺乳动物，以及最初笨拙地尝试飞翔的蜥蜴—鸟类；正是它们，粉碎了那些生物世界里只有竞争的理论。这些独特的事件，揭示了那些被逼上绝路

　　　　　　　　　　　　奇异的宇宙

的、"高度特化的"和看似"效率不高的"生物如何逃脱，甚至可以说穿透了生命之幕。只有当它们在整个地球上辐射开之后，我们才留意到，这些新的生命形态起源于孤寂与静默。

自从人类诞生伊始，我们的心智一直在试图用理性征服宇宙。但是，每次我们似乎取得了胜利，总有一部分大自然会再次逃脱，潜入未知的领域。最大的一次意外，当属原始人第一次跌跌撞撞地闯入那个幽灵之地，目睹了变幻不定的种种象征；这个极富迷惑性的疆域，达尔文也试图在真正的岛屿上面寻找，可惜也是无功而返。即使是对那些最富才华的观察者而言，现实也总有办法逃之夭夭。

在美国一个馆藏丰富的文物馆的早期人类展厅，站立着一座重现前冰川时代的原始人塑像。通过骨骼化石，我们推测出了他的大致长相，颅骨较小，可以说，他已经一只脚踏进了人类的门槛。以现代人的眼光来看，他的整体身材偏小——短小的手指紧握在一起，更增添了他个头不高的印象。此外，他还给人一种较为瘦弱的感觉，好像这小个子的梦想将自己耗尽了，又好像是他真正的存在要向前投射了数千年，才成为人高马大的古希腊雕塑里的形象。

这个侏儒的猿人正站在隐形岛屿的边缘；对于这个岛屿的性质，无须有任何怀疑。这是普洛斯彼罗的疆域，它原先的主人是凯列班。这是莎士比亚的岛屿，其中充满了美妙的音响和神奇的声音。这是生命之幔里最初的裂缝，那个曾经被困在单个灌木丛的国度，这个岛上一度写着："凡人勿进。"

几个月前，在一次旅行途中，我住进了加拿大的一个旅馆。天寒地冻，我在床上辗转反侧，难以入眠。窗外是即将发作的暴风雪。在这个荒野小镇的四周，耸立着一片深色的云杉林。虽然还是白天，但视线都被遮蔽了。大约黎明时分，我做了一个梦。

在梦里，模模糊糊出现了一头形似大熊的野兽，它从雪

　　　　　　　　　奇异的宇宙

地里走来，紧贴着窗户。它击打着窗户，再三向森林的方向挥手。它所传递的信息是如此急促、紧迫，让人感觉颇为粗鲁，而且难以理解，就好像它自己在雪地里那巨大的形状。在梦中最惊恐的时刻，我一边挣扎着拒绝梦里的内容，一边挣扎着抵抗窗外那冰雪覆盖着的野兽不耐烦地击打窗户的声音。

突然，我接起床边的电话，听筒里传来一条信息，像雪地里的信息一样的含义隐晦，但是它的来源更加神奇。即使是在大雪纷飞的梦境，我在一瞬间就知道，那个遥远的声音，正是我自己童年时的声音。声音纯净、甜美，温文尔雅，犹如天籁，但同时势不可当，倏忽而过，戛然而止。"很抱歉打扰到您了。"但孩童清晰、柔弱、稚声稚气的吐词依旧持续着。它们好像是通过一根纤细的电线，从遥远的过去而来。"真抱歉，真抱歉打扰到您了。"未及我开口，声音就消失了。然后我就醒了，冻得瑟瑟发抖。窗外没有什么状况，只有雪花越积越高。

最后，雪停了，这个小镇被巨大且奇诡的冬天包围，黑暗的森林沉沉欲睡。我看了看窗外，地上并无任何踪迹；看了看床边，也根本没有电话。我又躺下，蜷缩在被单下，不禁浮想起博物馆里的那个侏儒猿人的形象，以及通过其身体所推断出的，他们曾经生存的环境。在那个寒冷的冬天，我感觉自己的身体经受的是同样的精神折磨，持续至今。在脑海深处，我远远地听到了自己的回声，或许它是人类集体的回声，此后将成为绝响。它有一种摄人心魄的美，但是这种美行将消失。不必央求。思忖未了，雪花又纷纷扬扬地下起来，落在森林里，似乎在回应我脑海里的思绪。

所以这就是结局吧，我想，并更紧地抱住肩膀来御寒。事实上，我们是一群失败者。美丽并且可怕，也许是吧，但还是一群失败者，困在岛屿上的失败者——这个岛屿的起源已经湮灭在时间中，无法可考，但是它仍然在我们身边，与我们息息相关，虽然无法被看到。我们的成功与失败，都源于这个隐形的岛屿。起初，这个岛只是生命之幔上的一道裂缝，很小的裂缝——或许只不过是林中空地里的几个不起眼的生物，尝试着发出一些不同的声响，有一些声响可以定义过去，还有一些可以预示未来。这些声音是如此细小，无法创造出一个岛屿，但是这个岛屿，就像受到了海底火山的激荡，开始扩张，并与此同时依然保持着隐形的状态。这些声响——从一个大脑传到另一个大脑，定义、测量、记录了如何打造石器——乃是这扩张的起因。不同于其他岛屿，这些隐形岛屿没有海岸线。尽管如此，如同其他真正的岛屿生物，人类也被隔离开了。他们不知不觉偏离了事物的核心地带。起初，他们还模模糊糊地记得自己的动物起源，自称是熊的传人或渡鸦的后裔，在一些祭典时刻，人类仍会与这些动物或者大地之母对话。

把人类与整个生命世界联系起来的那道纤细的丝线，终于断了。人类从此走进了另一个维度，再也无法回头。生命之树和潘多拉魔盒的神话承认了人类的困境。他已经学会了区分善与恶。此外，他发现了语言可以撒谎，这让他作恶的能力大大增强。语言的这个岛屿，又继续分成更多的岛。于是，人类被分隔到了更多的岛上。随着人类进入这个崭新的、野性的通道，某一部分心智进入了沉睡状态，但是，在心智的其他房间里，另一些沉睡者苏醒了。

的确，人类成了一个巨人，虽然他的岛屿在沿着自己的节奏扩张，但在他内心里，仍埋藏着原初的那个侏儒，刚刚从枝蔓横生的丛林里跌跌撞撞地走出来，手里还握着石头。莎士比亚借着博学的普洛斯彼罗的口说："这些黑暗之物，我承认我身上也有。"

研究古埃及的学者约翰·威尔逊曾说道："没有哪种孤独，比面对一个曾经无比雄伟但业已荒废的场所，更为孤独了。"也许，同样的孤独也不可避免地侵扰着现代人类，在城市的街道上，行人步履匆匆、眼神空洞，并带着足以驱散诸神的满面愁容。在人类之上，在蔚蓝天宇的某个地方，精灵爱丽儿被遣散了，她失去了主人，却并未走开，像一只鹰在废弃的庙宇之上盘旋、翱翔，似乎在等待着某种神圣的新生。许久以来，爱丽儿被幽禁在一株坼裂的松树里，有人推测那就是人类的肉体。她现在犹豫着离开这个监狱，是不是因为她终于习惯了凡夫俗子的呼号，"这声音渐渐远去。让我们跟着它，然后再干我们的事"？

或许，在那个午夜，从梦境中的电话线那头传来的，就是这样的音乐。或许，它是为了把我引到另一个过道，通往黑暗森林的，也就是人类的，另一扇门。可以确定的是，现在束缚我们的，布满丛林的海岸，唯有我们自己。但是，在午夜时分，在边缘地带，一个图谋复仇的凯列班依旧会在徘徊。

奇异的宇宙

第八章
内心的星系

充足的考古学证据表明，人类出现意识的同时，也出现了超越意识的冲动，两者相伴而生。

——阿兰·麦格拉申

多年之前，在我还年轻的时候，我说服一个年纪相仿的小伙伴一起完成了一次特别的旅行：花一天的时间去爬一座大山。山上有一个著名的天文观测台。导游书上说，在某些夜晚，普通公众有机会进入观测台，仰望遥远的星系。此外，他们还有机会听一次讲座。

我们两人，兴致勃勃却身无分文，无法加入山谷里的观光旅馆组织的任何旅行团。于是，我们不得不提前多时启程长途跋涉，以便在大批旅客之前赶到，生怕被他们耽误了我们看一眼那些遥远的世界，那些我们如饥似渴地在书上读过的世界。

这是多年之前的事情了，我们俩都是未经世事的少年。我们的想法是，虽然我们囊中羞涩，但看在我们如此渴望求知的份上，山上的人大概会欢迎我们的吧。据说天文台里有一位智者，我们希望得到他的青睐，因为我们也同样渴望凝视外太空的奥秘。事实上，我们非常不了解成人世界的游戏规则。结果，我们没有被允许见到这位智者，更谈不上通过望远镜凝视外太空了。我怀疑那位著名的天文学家可能从未考虑过像我们这样的年轻人。我们从未想到，山谷的旅馆与天文台里的这位智者似乎有某种关联。

我们花了很大的力气，总算赶在来住旅馆的观光团之前，来到了天文台。尽管如此，我们还是被赶了出来，并且被告知，要等旅客们安排好了才会考虑我们。眼看着一辆接一辆的巴士载着旅客上来，在天文台前聚集，我们才明白，我们被委婉地拒绝了。即使他们肯放我们进去，恐怕也要等到第二天清晨了。

门卫打量着我们的衣着，眼神里带着冷冷的轻视。虽然山上寒冷刺骨，但是很显然，在这个专为伺候观光旅客的地方，我们俩不受待见。捏着手里仅有的几个硬币，我们不情愿地买了一点巧克力，面面相觑。此时我俩已经筋疲力尽了，谁也没有再说一句话，于是我们回过头，摸着黑开始漫长的下山之旅。这又得花好几个钟头，且没有了信念的支

　　　　　　　　　　　　　　　奇异的宇宙

持——没有看到心心念念的遥远星系，我们只好悻悻地下山了。

这是我第一次接触到星空的商业一面。现在，我供职于一个科学普及委员会，旨在激发青少年对星空的兴趣——这是当年的我所没有的机会。尽管如此，我感到自己少年时的这段经历，在一定程度上促进了我的内省，并对科学与它所处的世界的关系开始感到好奇。

回头来看，在那座山上发生的这一切，包括山上那位智者，有些事情极其不对劲。在阴冷的山风中吃了闭门羹之后，我才认识到，知识不是免费的。许多仅仅走马观花的人可以轻松地踏进天文台，而不辞辛苦、跋涉多时才爬上山的我们却被拒之门外。这些回忆来自遥远的 20 世纪 20 年代，而且我意识到，虽然我们此前忽视了青少年，但是现在我们已经开始考虑激发他们对星空的兴趣了。尽管如此，我仍然有一些不舒服的感觉，因为变化的是外界因素，而非参与者。我仍然持有这样的想法：除非伴随着一定程度向内心的探索，否则向外部星空的冒险是毫无意义的。内心里不断扩张的宇宙，与望远镜面向的外界遥远的星系，交相辉映。

在清冷的山顶，在最为孤寂的时刻，我的思绪终于开始转向内心。没错，正是这个领域，这个内心的星系——这是一个梦想的世界，光明与黑暗并存，我们永远无法逃脱，哪怕是在大角星的遥远边陲。人类内心的星空时刻伴随着他，穿越所有虚空，直至时间尽头。跟外部星空相比，内心的星空只有一点不同。它更为易变、更为流动，更为可怕、更为赤贫，但与此同时，由于具有自我意识，它比诞生它的那个宇宙也更为高贵。对于新一代的教育者而言，我们可能在青少年的内心世界诱发的转变，与那些致力于探索星际空间的工作相比，其重要性也并不逊色。

奇异的宇宙

不必赘言，人类的大脑里存在着形形色色的私密世界。在同一天里，有人通过射电望远镜在收听来自宇宙另一个角落的窸窸窣窣的声音，而地球上的另一些人却挣扎在贫困线上，被肮脏的城市垃圾箱包围。我认识的一位出租车司机，认为星星无非就是"在那儿"，只要交通工具足够优良，我们就能够飞抵外星球，就像夏天的游客蜂拥去海滩消暑。他所期望的，而且恐怕是被灌输的期望的，是这样的旅行可以解决人口问题。也是在同一天晚上，我和一位诗人朋友去看一场歌剧演出，舞台幕布之上是一盏弧光灯。我的朋友抬起胳膊，啥也没说，往灯的方向指了下。在那儿，夜色中莽莽撞撞的，是一只巨大的天蚕蛾，在舞台之上，从一盏灯跳到另一盏灯。

我的朋友按捺不住兴奋之情，压低声音说："它不知道，它正在飞过一个陌生的宇宙，虽然灯火通明，但对它来说却是隐匿的。它在另一个剧场之中，它看不到我们。它什么也不知道。也许我们的情况也是如此。我们在哪里呢？哪个才是真正的戏剧？"

夹在天蚕蛾的宇宙和诗人朋友的宇宙之间，我不无困惑。我的思绪回到了古埃及，法老们认为石膏头像能永生，所以为了获得永生，就用石膏替代他们自己脆弱速朽的大脑。这群法老，就像弧光灯下的天蚕蛾，被太阳炽热的轨迹迷住了。其中一些法老，甚至满怀希望地建起属于自己的太阳帆。也许，这些帆船象征的是后来柏拉图所谓的简陋的木筏——我们借此穿越人生旅途中的艰难险阻，甚至，乘它直抵人类孜孜以求的所在：永恒之境。对我而言，我现在不再凭借骄傲的哲学家们临时打造的木筏来寻求智慧了。我看到了那些天蚕蛾在灯光之间穿梭，结果被烫伤。我也看到所有的木筏都坏掉了，除了一个——柏拉图孜孜以求的道，依然在那里，但已经没人去仔细辨认或者维系了。

的确有一个真正的戏剧，但在这个剧里，人类注定永远是一位追寻者，他的本性就是追寻。那个简陋的木筏正是他自己，并不在山顶之上的星空里。难道这不是普罗提诺所暗示的吗？既然如此，如果有人要继续书写，我想，他会写到那些最终的事物。

2

几年前，在加州某个小镇上，我遭遇了一次颇为诡异的事故。事故本身稀松平常，但是它带来的心理影响却非常奇特，所以重述如下。长久以来，我一直在努力写作一本书，非常渴望早日完工。傍晚时分，我一个人心不在焉地走着，就快到办公室了，忽然鞋子的前脚卡在了某个错位的下水井里。出于某种机械力的作用，我重重地摔倒在路旁。耳边回响起一阵巨大的轰鸣声。等我再次睁开双眼，我已经脸朝地平躺在道路旁。鼻子的一侧像被重击过，前额伤口溅出的血洒了一脸。

我不得不继续摸索，舌头小心翼翼地在口齿间打转。在我的脸下，汩汩流出的血在道路上汇成了一个鲜红的血泊。正是在那一刻，在明晃晃的阳光之下，我眯着近视的双眼盯着自己脸上涌出的血液，一件怪事发生了。虽然意识尚未清醒，疼痛依然剧烈，我无视了身边匆忙停下并大声呼救的热心人，在混乱中抬起沾满鲜血的手，满怀关切地轻声说道："哎，别走。对不起，害你们受苦了。"

这句话不是向我身边围拢的人说的。事实上，这些话是说给自己的某个局部。我相当清醒，甚至清醒得过于超然，因为我在跟体内的血细胞、巨噬细胞、血小板以及其他所有曾经涌动过的、独立的生命形态在讲话——它们曾经是我的一部分，而现在，由于我的疏忽大意，它们就像离开了水的鱼，被晾在灼热的人行道上。我的脑海中涌起一阵强烈的悔意，并夹杂着崇敬，那是一种宇宙尺度上的慈悲之情。从某种意义上来说，这种经历之惨烈，好比是一个星系，清醒地意识到自己在失去一个太阳系，并为此而痛苦。

我是由数百万个类似的微小生命体组成的，它们努力工作，牺牲小我，匆忙奔赴伤口，修复我这个庞然大物上的裂缝，并不自知地出于爱努力着。我，在我这速朽的一生中，第一次真切地意识到这些生命体与我的关联，而不再把它们视为显微镜下奇怪的小东西。事实上，它们在流动中激起的回声，从存在的深渊里升腾而起，在我大脑尚未平静的回路里荡出余响。我第一次有意识地爱着它们，虽然当时我跌倒在地，动弹不得，正被热心人们抬走。对我而言，在当时，甚至现在回头来看，我给自己所栖居的宇宙造成了如此多的死亡，不啻于星际空间中一次超新星的爆发。

几周之后，伤势好转，我再次拜访了事发地。那段人行道上仍然有一丝遗留的红色。我在那里长久地徘徊，莫名地踌躇。那些微小的生命体，它们都不见了，彻底被毁掉了，但是它们曾经参与组成的那个庞然大物——"我"——却活下来了。我摇了摇头，想起来但丁留下的那句充满忧郁的神秘色彩的诗句："是爱，在推动着日月星辰。"

对今天的我们来说，这句话似乎有点陌生了。在过去的日子里，我们一直在谈论生存斗争，关于人类，那不停争斗的半猿和野蛮的斗士。我们凭借着微弱的烛光在人类潜意识的地窖里摸索，并惊骇于我们在那里的发现。因此，我们不妨来考察一番那个强烈的冲动——爱、同情，无论你怎么称呼——的历史由来。虽然它在我们这个时代声名不彰，但这种强烈的冲动却激励了在各各他山被钉死的耶稣，而且它的能量已经回荡了近两千年。

16 世纪的蒙田写道："对智慧的执念，是人类的顽疾。"一个又一个世纪，人类借助流行的镜像来研究自身，但这镜像却不无扭曲，而现在，扭曲的镜像与人类真正的形象强行叠加在了一起。在一个时间段，我们相信人类是被不可更改的规律管辖着；过了一段时间，我们相信这都是出于偶然。在一个时间段，我们认为每个人出生时有不同的天使环绕；在接下来的一段时间，我们认为我们只是宇宙中的流浪儿，是一团无意义的、变动不居的化学物质的集合。一个时代的光环成了另一个时代的毒牙。我们的宗教和哲学观念同样发生了天翻地覆的变化，如此之快，一个时代的神学和道德训诫，在下一个时代不过是一张废纸。让上一代无数人慷慨激昂，乃至英勇就义的观念，在下一代人那里只换来一个不痛不痒的哈欠。

"人类自身拥有两面，饱含着矛盾，"蒙田继续写道，"虽然我不知道为什么会这样，但是我们同时相信我们不信的东西，而且无法与我们所谴责的事情一刀两断。"

这个复杂、多面、有着自我觉察能力的生物，现在开始转向史前史研究，借由其所学，以史为鉴，反观自身。面对从冰川时代之前的地层之下发掘出的残骸，我们提出的问题不再是这些残骸是否与我们有关，而是它们揭示出我们是什么样的人。对于有些残骸提供的回答，我们显然过于畏惧。甚至有人在没有充分证据的情况下就断言："看看那些驱动着人类的暗黑本能。注视你们血淋淋的、石化的、结壳的心。这样你就认识了人类。从洞穴时代到柏林墙，他们就是这样，而且永远如此。这都刻在他们的骨子里。"

但是，一旦这些话语被说出并记下来，这些数据便会被抓住并用来呈现一幅可怖的景象，以取悦和原谅人性的阴暗面；或者，这幅景象就开始波动、变化，奇诡而美丽。爱鸟的圣方济各在河边沉思；塞尔本的吉尔伯特·怀特把一只老海龟当作宠物，与它在自家的花园里嬉戏。易施，一位远古时代的温柔的哲人，从塞拉森林里走出来，如同真实活过一般——这位隐士一度被认为是卢梭先生的杜撰，但是产生他的那个世界，比今天的非洲大陆还要古老。

"我们自身包含着两重性"，蒙田如是说。现在，让我们带着这种想法重新来打量一番化石揭示出的过去，端详我们祖先原始人类骨骼里空洞洞的眼槽。他们的骨骼，我们已经司空见惯；在19世纪，被发掘出来的遗迹与残骸几乎遍布世界的每一个角落：在欧洲，冰川时代的洞穴和砂砾里；在北京周口店，凝固的角砾岩里；在亚洲的沿海岛屿如爪哇岛，间歇性喷发的火山之下。当然，它们也出现在东非草原的高地，以及约旦河东岸圣地的小洞穴里。

尽管如此，我们依然看不清祖先的面孔，即便他们正从最残破、最晦涩的教科书里，以插画的形态直直地盯着我们。他们的皮肤失去了色彩，头发的质地无从可考，曾经鲜活的面部表情变得晦涩，如同医学教科书中象征着全人类的无名的尸体。同样隐匿不见的，还有人类可怕的敌人：剑齿虎和恐龙。

要刻画人类的现象尤为困难。因为人类的表情是流动的，在一天之内，喜怒哀乐都会出现。就个人而言，我们应当能够分辨狡猾、残忍与善良，正如在现代街道上遇到的形形色色的人那样。然而，在化石的世界里，如果我们试图寻找人类的灵魂，我们就不得不从头骨中空洞洞的眼槽开始推断，否则，艺术家的想象力就会迅速发作，将他们自己对过去的理解投射到本无表情的死者身上。

人类时刻不停地在省察自己、重新定义自己——这是人类的愚蠢，或许同时也反映了人类的精神追求。一只鼹鼠，就我们所见，对于草丛之下那个幽暗的世界并无不满；一只雪豹，暴风雪中的游魂，也不会抱怨它所处的环境。与此相反，人类的眼睛时刻不停地向内观察着，在我们这个动荡不安的时代，这双眼睛被焦虑的疑云笼罩。在另一些时代，我们的身体似乎摆脱了灵魂的束缚，膨胀起来，笨拙地受制于外界的力量。

　　不过，这种自我省察中既有智慧，也不乏危险。其他生物被稳稳地锁定在自己的天性之中，但人类却拥有自由。他有能力定义、并重新定义人性和自我观念。在此过程中，他可能会为灵魂插上翅膀，或者把自己塑造得比其他按天性行动的野兽更为野蛮。人类有能力按照梦想塑造自己，于是，他把可见的自然拓展到了一个崭新的、更为奇特的领域。根据每个个体的演化状态，每个人掌握的能力也参差不齐。

　　在我们中间，圣贤是少数，彻底的恶棍也是少数。别人往往会把他们关于人性的错误或偏颇的观念投射到我们身上，我们对这种做法也多有容忍，但这可能也下意识地降低了我们的自我期许。说起人性，许多人常说，"要现实一点"，但这并不等于用现实的考量来束缚我们的精神追求，或者让我们陷入愤世嫉俗与绝望的泥淖。人性有种种的变易，在极端之间多取中庸。尽管如此，约翰·邓恩在三个世纪之前就有言在先，"没有哪个人把本性提炼、升华到自然称许的地步"。

　　在回顾艺术家呈现的过去时，无论是雕塑还是绘画，我们经常会见到这些形象：尼安德特人的口唇突出，张着嘴巴，手持棍棒；然后，与此对应，北京人则毛发整齐、目光清澈、神采奕奕，好像是一个股票交易员正赶往交易所。显然，这里有些事情不对劲。毛发整齐的北京人同样属于直立猿人属，后者在更早一些的示意图中有时还长着獠牙。当然，这些獠牙是艺术家的臆想，它们实际上来自我们现存的近亲，大猩猩。那些被丑化的尼安德特人，我们现在知道，会为死者埋上陪葬品，并且照顾老弱病残者。

人是社会的子民。固然，他们各自背负着历史遗留的大大小小的包袱，但他们同样秘密地在群居心智的映照下反观自己。于是，我们的自我认识中存在着不同程度的幻想。爱默生对这一点心知肚明，他曾经无比深刻地问道："为什么我们认为关于人类的自然史从未被书写过，但是又总是记录下前人的评述，然后将其束之高阁，变成毫无价值的形而上学典籍？"

爱默生的这句评论，或许是人类需要学习的最为难解的金玉良言。我们倾向于认为，人类的心理特征是固定的——从一开始就被赋予给了原始人类。在演化理论出现之前，人类的心智，以及他们的理性、良知、自由意志，被认为是神启的，而且在人类诞生之初就有了，至今也没有再变过。

在 19 世纪中叶，伴随着达尔文提出演化理论，物种稳定不变的观念渐渐消退，人们开始认识到，人类和其他动物是暂时的、不完美的，时刻不停地在从一种状态过渡到另一种状态。作为达尔文的同辈和坚定的辩护者，托马斯·赫胥黎写道："天地不仁……人类之所以能在野蛮状态下生存下来，这主要得益于他们身上与猿猴、老虎一样的兽性。"

今天，但凡智力正常之人，只要看过早期人类的颅骨化石，其低沉的颅腔以及巨大的眉脊，都不会否认史前时代的原始人一直在变化，无论他们的演变之路看起来是多么崎岖。毫无疑问，自然选择在这个过程中发挥了主导作用。事关人类的本性，我们必须小心前行，不要陷入谬误推理。否则，等我们考察过历史之后，又会对人性形成新的刻板印象，甚至可能跟演化观念出现之前的种种思想一样教条、呆板——事实上，这些刻板印象至今也未绝迹，似乎证明着人类的动物性。

人类具有利他的特征，而且能合作，这些品质把我们带进了文明社会，这比赫胥黎所说的"与猿猴、老虎一样的兽性"要更有力。这最多是不恰当的比喻。猿猴是一种基本没有冒犯性的群居动物，老虎则是独来独往的猛兽。把它们放在一起，与人类相提并论，虽然夺人眼球，却颇为误导。至于早期演化学者所展示的，用老虎来代表自然界中的弱肉强食，我们现在知道，即便这种食肉猛兽平时也与它的猎物和平相处。在不觅食的时候，老虎可能在林中漫步，很难被它们所尾随的猎物发现。

在演化理论的追随者中，有一些人认为，人类之所以能够达到如此高的智力，是在经久不息的战争中被选择出来的。今天我们知道，早期的人类身材矮小，人数也不多，他们大多数的精力必须用于采集食物，而非制造冲突。这并不是讳言人类的破坏性品质，但是在他们漫长无助的童年阶段，发育中的大脑要成熟，离不开一个稳定的家庭提供的安全环境——这个群体的典型特征是利他，以及持续地照顾年幼的个体。

19 世纪的演化主义者，以及今天的许多哲学家，对斗争念念不忘。他们定义的自然选择只有一种含义，而达尔文自己是避免这种取向的。他们无视人类所有的优良品质——慷慨、自我牺牲、追求宇宙的智慧——试图借此把人类的大脑束缚在原始人类的头颅，这个小小的胶囊里。这些论者，往往不会谈及人类日益增长的审美，界定并开阔了其世界的语言，还有为死者陪葬的小小礼物。

在人类出现之前，所有这些行为都是无法被预测的。它们揭示出了那些彻底的唯物主义者从物质的暗穴中无法得出的，直至时间的长河中真正涌现出来崭新的人类现象。试图把人类还原为猿猴或者树鼩鼱，是无法厘定、无法描述人类的。诚然，树鼩鼱一度困住了人类，但是人类逃脱了。他从原始人类脑袋的种荚中跳了出来，像一片飞絮，正在向宇宙的虚空中飘去。他们内心充满了光明和愿景——没错，以及可怕的黑暗面——攸关下一个时代的人类。

我们现在所知的世界没有终点，也无法预测。人类已经在一定程度上驯化了自己；这个故事里包含了他奇特的本性，也包含了一种大爱，它超越了演化意义上的部落合作和稳定。我们注意到，人类可以热爱爱丽儿的音乐，或者，在他的内心里，热爱着古希腊人理想的城邦——它虽已消逝，但永垂不朽。

野外的生物，往往受制于自然选择的作用。以昆虫为例，甲壳的颜色稍有差池，可能就更容易被天敌发现，进而被吃掉。来自大自然暗黑面强大的创造力，被抑制住了，并等待着也许永远不会到来的出头之日。随之，白色的成年雄鹿被猎人击倒。对于那些认为人类从一开始就是凶残的人来说，他们头脑中想象的可能正是这种无尽的残酷斗争：人类拿着石头，不仅野蛮地击倒了猎物，也击倒了兄弟和子女。

自然选择是真的，但与此同时，它又在不断变化，展现出多个面相。比起一个固定不变的"法则"，它更像是随着时间的流变而呈现出新规律。在我们展开讨论我所谓的"被驯化的人类"之前，让我们先来看看互惠对燕鸥——一种常见的海鸟——意味着什么。它们并不像自然界一些物种般精心地用羽毛颜色作伪装，它们产的卵和筑的巢也是各式各样。在燕鸥中，这些特征具有无数细微的差异，并被保存了下来。在这里，自然选择的趋同压力，比不上随机突变的推陈出新。自然中潜伏的创造力充分绽放，并表现出了丰富多彩的行为。因此，我们所谓的自然选择，"自然界中的战争"，既可能把生物束缚在特化的生态位，也可能打开新世界的大门，释放全新的可能。即便是群居的马达加斯加狐猴——我们人类的远亲——也表现出了丰富的个体差异，因为这些动物能够识别彼此，并且作出不同的反应。在这里，趋同性的作用式微，自然选择产生出了一定的生理多样性，随之而来的是个体行为的差异。

虽然人类的情况较为复杂，但显然，这扇多样性的大门已经打开，因为人类这种群居动物所承受的自然选择压力，已经不再束缚他们以及后代的心智。通过语言，人类可能在篝火旁交流他们的梦境。不可避免的是，丰富的智力多样性，以及随之而来的，基于互相吸引的性选择，由此从大自然漆黑的宝库里浮现出来。鹰派与鸽派，坐在同一堆篝火旁，自石器时代就做着不同的梦，至今犹然。

有远见卓识的人已经在等待着永恒之城，有天赋的音乐家在脑海里听到了那尚未成形的乐曲。未来的一切都在等待着，隐晦曲折地潜伏在这些人的头脑里。无尽的黑暗与耀眼的光芒，各自在虚空之中摆开了阵营。遥远未来的幽灵之城，等待着潜伏的头脑；在那个尚未确定的时刻，它们还没有名字。

最重要的是，其中一些人，在每一代人中或许只是少数几个，心怀热爱——他们热爱动物，热爱风中的歌曲，热爱女性柔美的声音。在洞穴的墙壁上，野外的立体世界呈现出动物的形状与样式。这里——不是用斧头，也不是用弓箭——人类摸索到了入口，打开了真正属于他的王国。在这里，隐藏在危机四伏的时代，在寂静无声的山顶之后，面对着拿着火石的人，爱鸟的圣方济各正在等待着这些心怀热爱的人——他们不得不小心翼翼地与众人为伍。

3

现在，我已近中年，就像埃及出土的头像，也像那些谦和的前辈，听天由命，等待着人类残存的野蛮与残暴消失。我曾多次去海滩漫步，茫然不知所求。我造访的西部海角，永远都在沸腾，即使是在风和日丽的日子也是如此。被掩埋的珊瑚里颇多罅隙，泡沫喷涌而出，波涛相击，涵澹澎湃，呈现出蓝紫不一的颜色。我经常去那儿，在一个半埋在沙滩里的曾经装过威士忌的破箱子上，一坐就是好几个小时。

望着这汪海水，它流动、凶险，仿佛是无法预料、升腾而起的幽灵，我似乎在眺望未来。你可以看到它的力量不断汇聚、不断消散，涌出再涌入，扭曲、变形，幻化出巨大且可怖的形状。它们的意义无法测度，但日复一日，海鸥如鹰身女妖般在此盘旋、尖叫，螃蟹挥舞着骇人的螯，小步疾行，就像蜘蛛行走在蛛网的边缘。

但我在闲逛。

有一次，那里只有那个破箱子、我，以及大海——然后，又来了一个伴。我是几天之后才发觉他在那里的。第一次发现他是一次落潮的时候，我冒险向珊瑚礁的边缘走了几步。那珊瑚礁的旁边，就是翻滚、奔腾的浪花，此前一个人独行的时候，我从中似乎瞥见了未来。当我到达这片平坦的海滩，被浪花不断拍击而变得圆滑的石堆处，我看到一扇灰色的翅膀，倾斜并向后移动了些许。这是一只巨大的灰背鸥，在喧嚣的海浪之上再次开始静静地滑翔。他的判断力极为精准，始终保持在离我一个胳膊的距离，不多也不少。他脱离了自己的族群，独自在这片包含着未知的未来礁石之上盘旋，发出"欧、欧"的叫声。在当下的边缘地带，他有一块属于自己的空间。他就靠着那片海洋提供的食物为生。他是一只年迈的海鸥，可以说，他就在这片水域安歇了。

有一次，我走得太近，惊到了他。他马上飞起来，在海风中晃了一下身子。如果我没动，他也不会动。好在，我不是那种莽莽撞撞过险滩的人，所以，几天之后，我们就达成了君子协议。我们都已毛发花白，未来对我们而言意义不大，所以我们都意兴阑珊，或站着，或坐着，保持着距离，好像都没把彼此放在眼里。毕竟，我们是不同的生物。

每天早晨我来到海边，他都在那里。他日渐消瘦，但是每次我一来，他还是会飞起来，张开翅膀在海边低低地盘旋。然后，我去找那个旧箱子，他就飞到他的那片水域，那片安息之所。这样，每次我都来看望这只鸟，如同在这片破败的海滩上，我和这只海鸥共享了某种合理的、极其简单的秘密。

几天之后，他不见了。因着他的离去，我自己的一部分生命也随之消失。我朝着那片涌动着未来的海水，胡乱掷了一块石头，并未出现什么异样，没有浮出任何手，也没有涌现出什么形状。唯一合乎解释的形状是那只老去的海鸥，他很明白，在这样的海风中绝不会多动一丁点翅膀。最终，他的空间不情愿地与我的空间接壤了。我们两个都不能再往前一步了，情况就是这么简单，却又非常合适，令人满意。这一丁点儿被海水侵蚀的岩石，同时容纳了我们俩。

我想，该就此止步了，起码在心里是这样。在这里，珊瑚和骨骼被海水冲刷成小石块，螃蟹在夜晚出没，吃掉所有新腐烂的尸体。在这里，一切都在变化，与此同时，一切都在生长。

　　　　　　　　　　　　　　　　　　奇异的宇宙

正是在这里，我了解了人类心智里爱的最终阶段——这个阶段超出了演化学者单单对于生存的看重。在这里，我关心的不再是生存——我单单是爱着。当然，在维多利亚时期的达尔文主义者看来，这种爱是毫无意义的——当代的唯物主义者也会赞同这种论调。对于这类苛责，邓萨尼勋爵曾经说道："一个人既理解科学，又理解科学出现之前对事物的解释，这是非常少见的。"

我坐在那个孤零零的威士忌箱子上，感到了一种没有纷争的爱，它如此纤细、缥缈。我爱的是老去的海鸥，在岸边嬉戏的野狗和在遗弃贝壳下安家的寄居蟹。

经历了童年时代未曾思考的渴望，经历了成年之后欲望的苦难与狂喜，这种爱一直在生长。现在，它终于获得了自由，摆脱了我疲惫的身体，依然包含了其他的热爱，但又不止于此。现在，它终于成了爱默生曾经写道的，"那个聪慧的陌生人，那个陌生的自我"。[1]

穿过破碎的、渐渐远去的头盖骨，在我们身后洞穴的裂缝里变得越来越小，有一个陌生人一直在缓慢前进。但是，它到底是如何来到的，它的命运又会如何，我们并不清楚——我们唯一知道的是，它不单单属于我们这个时代，也

1　引自爱默生日记，1849 年 8 月 29 日，"爱是那个聪慧的陌生人，那个陌生的自我"。——译注

不单单属于这个星球。

也许，那些富有同情心的人，在人类中注定永远都要扮演陌生人的角色。他们屡战屡败、屡败屡战，因为人类的源头就是一片飞絮，片刻的气息便可将其控制，一句诗人的话语又可使其受尽折磨，变得伟大。在我们中间，很少有人会留意到在午夜歌剧的幕布前有飞蛾经过，并自问："哪个才是真正的戏剧？"

对于说出这番话的年轻诗人，我刮目相看，正如我钦慕那些比那架山顶天文望远镜看得还要远的人。在我们眼前，宇宙空间似乎蔓延到无边无际，就像那只还在求索的飞蛾，人类注定也要徘徊。但是，在我看来，宇宙的虚空同样也是内心的虚空——我们自己心智里的虚空——它无边无际，就像我曾经沉思面对过的那片海。

在那片孤寂的海滩，在一次退潮的时候，我曾看到过一只形态无比精致的水母，扇动着它小小的伞，随着海浪的起伏，一张一合。我忽然想起了一句老话，"是爱创造出了情人，而不是任何生物"。我们最终会胜利，我冷静地想到，如果不是以人类的形态，那就是以另外的形态，因为生命尽管有无尽的挥霍，却足以维系爱的出现。虽然屡战屡败，但是，只要胜利一次，它们就成功了。这正是最终的悖论，我们称之为——演化。

　　　　　　　　　　　　奇异的宇宙

第九章
天真的狐狸

唯有在魔术师眼里，世界变动不居，又亘古常新。只有他洞晓变化的秘密，并真正了解一切事物都暗中渴望变成另外一件事物。正是从这种无处不在的冲动里，魔术师汲取了力量。

——彼得·毕格尔

自从人类首次从平静的湖面里看到自己的倒影，他就被意义的问题纠缠上了——那个时刻，他还生活在丛林里，四周是郁郁苍苍的大树，后者形成了一个巨大的活生生的存在。手指刚刚碰到湖面，倒影就消失了，但一回到家，他就创造出了一个神话。那些大树不会开口讲话，但是初民知道，它们的树干之下藏着许多树神。自人类出现伊始，情况就是如此；亿万年之后，哪怕所有记载着人类最隐秘思想的书籍被尘埃和蛛网掩盖，人类仍然会乐意阅读这类手稿，而且津津有味，乐此不疲。

有些人习惯在白天阅读，他们从云中读到未成形的字，或者从迁徙的鸟群里辨认出一个个字母。另一些人，比如我，习惯在夜晚阅读，我们匆匆浏览记载着人类历史的骨头，或者独自散步时聆听灌木丛中的各种动静。虽然人类在白天会进行各种各样的活动，但是我们的最佳状态是在夜晚。我们对于白天的痴迷，以及孜孜不倦地像对抗死亡一样对抗黑夜的执念，世世代代发明和使用的照明设施展现了这一点——这暗示着，我们对黑暗的认识，比我们愿意承认的更多。我们从远古的黑暗丛林里走出来，体内还残留着那个阶段留下的疤痕和尚未完全修复的创伤。我们的心智仍然被那些从我们个人和种族的记忆深处破土而出的恐怖画面所惊扰。

最后，我们正栖居在地球灵性的薄暮时分。这一点或许是人类在大自然中所经历的最为痛苦的一个匮乏。我说的是匮乏，但也许更恰当的说法是，这种丧失感是一种未曾实现的期待。我们想象着自己是昼行生物，却在这个规则不清、迷雾重重的地带摸索着一个看不见的出口。但是，我们似乎本能地知道，一定有一个出口。

想必历史上除我之外无数的人也有过这种体验：在一次迷路的时候，偶然发现了一个门，或者树篱中一个神秘的洞口——孩子马上会知道，这是一个入口，通往世界尽头的另外一个维度。这种通道的确存在，否则人类就不会走到今天。桑塔亚纳曾经说过，生命是一种运动，从被遗忘的走进未曾预料到的领域。诚哉斯言！

作为成年人，我们为生活而忙碌，并因此目光短浅。随着年岁渐长，有些人终于开始环顾四周，留意到了树篱上通往未知的洞口。但是，这个时候，他们往往没有了内心那个孩子的陪伴，也就没有人可以带路。被荆棘刺伤了几次，即使是最有韧劲的人也往往会畏葸不前，并恼怒地断言：根本没有这样的出口。

出于运气，我自己的体验却恰恰相反。经历了几次失败但诱人的尝试，我有幸获得了帮助，不是来自孩子，而是一种动物——一种看起来并不起眼，甚至有点乏味的动物。回头来看，这种动物并没有任何神秘或者虚幻之处。尽管如此，它还是有点令人捉摸不透，正好比，我猜想，在动物看来，人也捉摸不透。

2

1967 年的一个秋夜，我坐在书房，望着窗外发呆。远处有一栋古老的维多利亚风格的房子，地势较高并俯瞰着附近的树林，而我正看着它阁楼上的穹顶。我当时被书籍和论文包围着，朦朦胧胧地意识到，我的生命里似乎缺少了什么东西。这种感觉驱使我在书桌前无助地眺望着远处正肆意扩张的郊区住宅。那几年里，从那个窗口，我目睹了许多心爱事物的死亡。

终于，最后一只陆龟带着笨拙的、善意的信任，倒在了崭新的高速公路旁，再也没有后来者了。草坪下的下水道里，一只花栗鼠坚守了很久，最后不得不逃离随着新建的超市而肆虐的老鼠。窗外，大片视野被一个巨大的停车场所占据。我当时深陷绝望之中，那所谓受限于现代化的、彻底无

　　　　　　　　　　　　　　　奇异的宇宙

望的恐惧——再也没有任何奇迹会出现了。当我试着把注意力集中到树梢之上的阁楼时，我思索的是一种关于寻找的智慧，当然，这种寻找很可能不会得到任何具体结果。

自从孩提时代，我就被奇异、美丽的事物深深吸引。这也是我走上科学之路的初心，但是现在，我本能地感到，单单这些还不够——我还需要某种类似奇迹的东西。作为一个科学工作者，我并不相信奇迹，即便是在一个宽泛的意义上定义这个词汇。

回首前半生，我在潜意识里一直在寻找，且不限于职业生涯中的骨头与化石。此外，我的年岁渐长，我能犯得起错；确实，这种寻找需要青年人往往无力承担的一种果敢。我需要做的，就是启程，不论身心——问题在于，去哪儿？

刹那间，树梢之上的穹顶窗口闪过一道蓝光，好像一道闪电。我才想起来，现在是午夜了。这绝不可能是路灯的反光。一道巨大的人造闪电从一个压缩机里迸发出来，隔一阵子就闪一次，远处的黑玻璃一瞬间也被照亮。这种人造闪电，只有一个或几个工程师使用特殊的装备才能制造出来。

现在，这栋老房子也已经走平民路线了。房间已经出租了。我后来知道，这儿的住户多是当地殷实的中产阶级。但是，午夜时分，在那个阁楼里，某一个人或几个人，在进行一个怪诞的实验。没错，我在偷看，而且持续了好多个夜晚。我感到无聊，而且难以入睡，但是一想到有着一群狂热的科学家在他们的密室进行着某种奇异的、前所未闻的实验，我就感到一阵欣慰。

如果不是这样，他们为什么要在夜晚活动，为什么只工作一小会儿就偃旗息鼓？接下来的几天，我拿着高倍望远镜向窗外望，却找不到蓝色闪电了，正如秋天摇曳的树枝遮住了远处的屋顶。我只能相信，在职业化的实验室之外，还有些科学家仍保留着一种老派且疯狂的执念。我殷切地盼望着，或许有一群特立独行之人，在试图寻找超越纯粹技术的某些秘密。我想到了爱默生和其他一些人的梦想，彼时，人们刚刚意识到演化规律，但是还不清楚它的机理，正如人们当时也不清楚伏打电池的机理那样。夜复一夜，秋叶日渐飘零，闪电在它安排好的时间出现，我凝视着窗口，脑海中浮现出这样的画面：闪亮的弧线激活了肉体，把知觉带入了某种未曾预料到的境地。我想，只有为了这样的目的，才会有人在阁楼里不眠不休地操劳。

在潜意识里，我对那项工作越来越上心，虽然我实际上对它完全不了解。在白天，这念想支撑着我；在黄叶的映衬下，那座老房子显出一些让人昏昏欲眠、无足轻重的气息。对我而言，它又唤起了我的憧憬和梦想，就像年轻时，我在一个著名实验室门口，隔着一道玻璃门偷偷往里看。我干脆放下书，坐在黑暗的书房里静静地观察，等待着那无法预料的闪电出现，而它出现的方式是我从未想到的。

一天晚上，窗户仍然黑着。透过望远镜，我只能看到一些鸟儿从月亮前面掠过，一只蝙蝠在斑驳的烟囱旁飞舞，几片残留的叶子落下，飘入屋檐下的黑暗里。

我满怀期待，等候着实验继续，但它没有。第二天晚上，暴雨如注。窗口没有闪光，路灯下泥泞的小路被飘零的落叶染黄了。第三天，第四天，情况依然如此。我开始意识到，我悲伤地在窗口偷窥的经历，也非常类似科学本身——科学带着它的闪电，它风趣的反驳，以及它难以捉摸的对完美的承诺。通常，梦想被一场滂沱大雨打落，最后只留下泥泞小道上的落叶。从事科学的人，如同我神秘的邻居，会悄无声息地消失，即便他们留下了一些残缺的零件，后人恐怕也难以理解。

我曾经在一座伟大的湮灭之城的墓地里久久驻足。在那里，你很难再做他想。每隔一段时间，我都向那里张望，但没发现任何异样。眼看冬日将近，我许诺自己，不如来一次远行。毕竟，我无法解释这种失望之情，因为我并不清楚自己在寻求什么。

或许，我暗地里知道，但是不愿意对自己承认：我期待一个奇迹。所谓奇迹，按照定义来说，肯定不是合乎预期的：阁楼顶上那位科学家的突然离开，或许更加深了我的这种期待。在我想来，奇迹的唯一特征，就是它在自然规律中突然出现和突然消失，不过，说来奇怪，按这个宽泛的定义，每个人都是奇迹。事实上，在奇迹中，自然规律暂时中断，或完全与其对立。我最初的经历只是一种诱人的期待，它暗示着我必须向别处寻找奇迹，在曲颈瓶和螺旋线圈以外，即便两者本身也可能蕴藏着可怕的能力。魔法是有的，但那是一种秋季的、悲伤的魔法。我越来越感觉到，奇迹尤其与生命现象有关，与生物有关。

正在此时，我的思绪处于接收状态，我收到一个命令，必须连夜开车走小路穿过一片茂密的森林。经过这次主观的体验，我发现，这可能接近于我一直在寻求的方法。毫无疑问，我正逐渐逼近问题的核心。普通人认为，奇迹只要被"看到"，就能被记录下来。我发现，恰恰相反，一个人必须足够练达，才能够感知到奇迹的存在——这需要阅历，否则，我们早就发现更多奇迹了。

简言之，一个人必须体察入微。我现在知道，阁楼里的闪电，只是原材料，是宇宙中潜伏的无尽潜能之一。就自身而言，它们只是人类的心智召唤到并且释放出来的能量。单单靠希冀，不能对它们造成任何改变，可能只会让它们变得更糟。核裂变就是一个现成的例子。不，奇迹不是这个样子的，但究竟是什么样，我只能在有生之年自己发现它。

带着这样的思绪，我踏上了穿山越岭的旅程。很长一段时间，我都是一个人。这是一条人迹罕至的路，崎岖蜿蜒。偶尔，我会颠簸越过路上的轮胎印，并看到友善的、星星点点如眼镜般隐藏在树叶之下的光亮。有时，我陷入一段无法穿越的、由高大松树撑起的幽暗长廊。

经过几个小时艰难、专注的行车，方向盘猛地一震，我的眼睛开始出现错觉。是时候停下来了，但我要赶时间，没时间休息。我摇了摇头，力图摆脱错觉，继续前行。很长一阵子，在群山间的这段峡谷里，我隐隐地感觉到，有什么东西一直在陪伴着我，它在车前灯的照射范围之外，只是偶尔会在视野里一闪而过。

无论这是什么生物，它的速度都相当惊人。我从未看清它的轮廓。那时我的眼睛已经相当疲惫，有一会儿它看起来像是一个站立的人，但颜色不停变换。有一会儿，它似乎在跳跃着前进；又一会儿，它似乎面朝着我，跳动着后退。透过我身上一丝疲惫的、作为动物的知觉，我逐渐意识到，闪烁车灯照见的那个存在，像民俗故事里的大灰狼一样，会变幻形状。它并不是一种动物，而是一个滑动的、跳跃的神话。我感到脖颈背后的毛发竖了起来，因为这里仍然是食人怪物温迪戈的森林，而且这些浮动的头像像极了带着面具的易洛魁人。我迷路了，但是我理解森林。我骨子里并不是一个都市人，甚至都不是人类。我来自另外的时代，来自一个遥远的地方。

我放慢车速，与恐惧无声地搏斗。这是一种发现自然秩序被破坏了的恐惧，即使是动物也会感受得到。但是问题是，真有一种自然秩序吗？当我把灯光打到最大的时候，我突然意识到这个问题何其荒诞。如果对答案本来没有预期，那么生命为什么会在遇到预料之外的事情时颤栗？秩序并不存在。或者，更好的说法是，真正存在的自然秩序要比人类费力猜想到的更加野蛮、更加可怕。

最后，我终于认出来了，一路陪伴我的是一只长相奇特的斑点狗，我认不出它的品种——这对我并没有什么帮助，同样没有帮助的是，它一身的毛发像是魔术师的打扮。毕竟，它已经沿着路跑了半英里，我怎么能确切地知道这只狗最初是什么样子呢？它的话也不足为凭。

事实上，这狗也是一连串幻想出来的流动的形式之一，只是它在最终时刻被我临时认成是"狗"的样子。狗，只是一个字，而已。当它转身走入黑夜，我又如何知道它会依然是"狗"？凭借经验吗？不是的，在一连串流动的色彩与面相中，它被我辨认出来了，但是当它静静地转身跃入无人栖息的原始森林，它又回到自然永恒的流变之中。大自然里并没有人类划定的分类，如果我们认为有，那我们就是在自欺。那只狗只会再次变成无穷变换的形态，并且在我消失的那一刻，不会认为它们自己是"狗"的。

通过人类独有的心智活动，我把一个跃动的幽灵拧成了一只具体的"狗"，但是，它的形状无法被固定下来，它的不行，我的也不行。我们都是一堆矛盾，是不真实的存在。一个神经网络和晶状体眼球创造了我们。像那只狗一样，我最终注定了也要跃入未知的丛林。我的肉体，我自己看似独特的个体性，像一阵薄雾那样飘散，像那只狗的颜色一样倏忽而过。如果我们中间有秩序，那也是变化的秩序。我重新启动了汽车，但经过这次遭遇，我有点犹豫，并更加警惕地继续行驶。在神秘森林的某个角落，有某种生物在奔跑、变形。除此之外，我就不知道了。与此同时，类似地，我的脑子也开始跳跃，在加速的过程中也开始变形。于是，真正的奇迹，我自己的奇迹，在一个独特的时刻，以它独特的方式，降临了。

3

这个插曲发生在一个乏味、荒僻的海滩。那天上午，我们结束了一场学术会议，一切正常，转眼到了傍晚时分。在沙滩上，有一块破败的船头，这艘船深陷沙滩，已经搁浅很久了，古老的洋流把它远远地送到了这里。视野的尽头，朦朦胧胧可以望见一个突兀的建筑物的轮廓，在秋日夕阳的照耀下，似乎显得更加不真实。

同行的人拍完照，离开了，但他们的声音马上被升起的薄雾拢集、吸纳，不绝如缕。雾气也笼罩了那竖起的船舷。有一阵子，我似乎看到雾气在沿着一些小动物的足迹蔓延，似乎在与万物的心智进行某种迟来的对话。小动物的足迹越过了沙丘，雾气在那里停顿了下来，似乎在犹豫不决。最后，雾气向我逼近，将我围拢，似乎在窥视我的脸。我并不

奇异的宇宙

害怕，但是我略带惊讶地意识到，我也并不打算马上离开。

随后，我倚着那艘破船坐了下来。四周愈发寂静，雾气继续向四周蜿蜒伸展，继续它的追寻。它没放过任何东西。

雾气试探地轻抚过一片破碎的蛋壳，似乎是第一次遇见，小心翼翼。我看见一只幽灵蟹，跟沙滩一个颜色，之前静静地躲在沙里，这会儿开始向海滩的草丛悄悄地移动了，似乎被雾气突然激活，焕发了生机。一只海鸥在头顶高高地飞过，但它的叫声听起来似乎在为什么东西悲叹。

恍惚之中，我开始回忆起一段远古的对话：神是雾气，还是仅仅是雾气的制造者？作为一位考古学者，我自己花了许多时间思考类似早期人类的事情——在我看来并非落伍的玄思——这个主意并非看起来那么不可理喻或者亵渎神灵。如果不是这样，那么这个伟大的存在（假定他的确存在）要如何彻底地考察他所创造的世界？还是说，他只是碰巧创造出了这个世界，于是他顺水推舟地继续下去？

我闭上了眼睛，让雾气里细微的小水滴轻盈地触到面庞。与此同时，出于一种无法解释的力量，我感到自己的头脑飞向内陆，充塞于周遭的山峦与峡谷之间，如同那团奔腾且巨大的雾气。

仿佛一道微光，我的意识开始盘旋，越过一个破败墓地里一块又一块的碑石。我体内似乎有某种东西，触碰到那些已经开始变得有些模糊的名字和生卒年月，然后悄无声息地向城市的方向滑去，好像有事要办。不过，虽然我不清楚这件事的目的，但它没有办成，或许是因为我被一种善意的力量牵引着，偏离了未来。

正如我突然被分散了一样，我突然发现自己又回到了海滩，仍然倚靠在船舷上，四周是某种尚未成形的生物的碎壳。"我就是那种生活在骨骼中间的东西"——死去的诗人查尔斯·威廉姆斯的诗句突然浮现在我的脑海，久久不散。诚哉斯言。我不过是从一团巨大的雾气里凝结成的更小的水滴，那虚无缥缈的思绪是我的延展。

我站了起来，感觉自己的骨骼也并不比这艘破船的船舷更为牢靠，然后开始像那团巨大的、摸索着的雾气一样移动起来，走了过去。在一个遥远的内陆城市，雾气变成了暴风雪。天上飞舞着一张旧报纸，印着毫无意义的时间——1929年。暴风雪击打着一个大门，上面写着圣·伊丽莎白之家。我不再是暴风雪了。我变成了一小团快速移动的阴影，沿着楼梯向上而行，走到尽头，只听到沉重的呼吸声，一阵接着一阵。

躺在床上的男人，衣衫褴褛、面色发黄、形容枯槁。这是我父亲，但在这个暴风雪的夜晚，直到一道灯光闪过，他才认清是我。他已经说不出话来了，但有一个问题在那里，占据着这个濒死的头脑，除了还活着的人之外，需要调动所有剩余的思绪来面对。那个时候，我还太年轻，还无法理解。直到现在，经过由这艘破船生发出的阴影的解释，那个问题才重新复活。饥肠辘辘的父亲，之所以还没死去，是因为他有一颗死不了的强大的心脏。

我是一团由记忆组成的不牢靠的物质，蔓延的雾气中凝结的水滴，看到父亲最后一次举起他的手。奇怪的是，在那个被摧残的身体里，只有那双手一点没变。那是一双有力的手，是工匠的手。他一生中扮演了许多角色：演员、工人、职业赛跑运动员。这双手属于我的父亲，一个男人，也间接属于所有男人，因为，这就是他生命的本质。现在，在他头脑依然清醒的最后一刻，他高高地举起了双手，奇怪的是，就好像这双手不属于他，他转了转手腕，仔细端详了一会，似乎不敢相信眼前的所见，然后又放了下来。

他，那团阴影，在骨骼缝隙里的薄雾，也已经目睹了这些看似未被触碰过的不死的器具集合起来，好像是在那个掌控意志面前的最后一次努力。我，也是一团阴影，穿越了40 年的光阴，终于听清楚了问题。"我已经快死了，但是我的双手，为什么你们离我如此遥远，但还听我使唤？你们是如此灵巧，为什么要服侍我？"正是在这里，他转了手腕，并以他一贯的冷静沉思了片刻。"我们之前的合作关系究竟是怎样的？为什么，我，这团阴影，即将离去，而你们，依然活着，存留于世？"

我敢打赌，他最后的念头想的不是他自己，而是手的命运。他在外面，他在试着窥探事物隐秘的目的，这双手，这双灵巧的手，是唯一残存的目的，而他正在消散，愈发失去中心，是这双手控制了他最后一次有意识的行为。在他活着的时候，这双手令人生畏；在濒死的时刻，它们却形同陌路，对主人最后的问题置之不理。

突然，我又回到了那艘搁浅的船的旁边。我已经在寒冷中一动不动坐了好几个小时。我不再是暴风雪的一部分，不停击打着紧锁的门。蝗虫之年已经过去了。相反，这是薄雾制造者的年份，马库西部落的一些巫医把它叫作神。但是，这位薄雾制造者，带着他隐秘的目的，已经走过了那个被长久遗弃的海滩，仅仅触摸过那些不存在的破碎的贝壳、狐狸任性的足迹和服侍这位薄雾制造者的人类——后者像潺潺的流水，从时间的裂缝中穿行而过。

　　我是一个生物学家，但是我选择不去考察自己的手。雾气渐渐消退，黑暗正在过去。我已经离开了几个钟头了。蜷缩在厚厚的羊皮袄下，我等待着，头脑中没有任何思绪，正如巫医可能会等待着他信奉的神在清晨出现。终于，海面上开始现出黎明的样子，我倚靠的船舷的木板旁出现了一抹红色。正是在那时，我开始从一个不同的视角打量这个世界。

　　我曾连续多个夜晚观察巨大的闪电，看它越过阁楼的窗玻璃。在科学时代之初，爱默生曾经梦想过，也许是这样的闪电把爬行动物变成了哺乳动物。我曾在午夜观察那些狂热的科学家决意要独立进行创造。但最终，那些非同寻常的闪电不声不响地结束了，起码在我看来是这样。那块窗玻璃，那块神秘莫测的窗玻璃，最终陷入黑暗之中；那些科学家，如果他们果真是的话，早已离开，同时带走了他们的秘密。我长叹一声，若有所思。正是在那时，我见证了奇迹。之所以能看到奇迹，是因为我当时趴在地面上，闻着狐狸的尿骚味，而不再带着直立人类的自负，居高临下地打量世界万物。

　　一开始，我还没有意识到自己看到了什么。随着我涣散的注意力开始集中，我分明看到了两只突出来的小耳朵，在晨曦中闪着光。耳朵下面，是一个小巧的面孔，羞怯地仰望着我。它竖起的耳朵，随着每一点声响颤动，并谛听着海鸥的叫声和远处轮船的号角声。我开始意识到，它们只是充满好奇，还不懂得什么是恐惧。它还是个年幼的小家伙，孤零零地面对着这个可怕的宇宙。我膝盖着地，沿着船头匍匐移动，靠着它蜷伏下来。它是一只小狐狸，从木板下的巢穴里仰望着我。天知道它的兄弟姐妹去哪了，而它的父母肯定出去猎食去了，还没回来。

　　　　　　　　　　　　　　　　　　　　奇异的宇宙

从一堆杂乱的碎屑中，它天真地挑选了一个鸡骨头模样的东西，朝我友好地晃了晃。它的脸上透露出十足的顽皮。"如果世界上只有一只狐狸，而且我可以杀掉它，我就会那么做。"一位英国的偷猎者曾在酒吧里如此狂言。我在背离人类尊严的路上走得更远了。我曾不止一次地听说，我们不管怎么努力，都无法绕到宇宙的前沿。人类注定只能看到它的远端，只能在后退时意识到本性。

　　但是你看，这只骨头堆里的、大眼睛的天真的狐狸，正邀请我来玩耍。它谦恭地摆好两只前爪，像是在恳求，与此同时还在微微点头。这个宇宙正在以某种奇异的方式摇摆，呈现出它的面孔，而这个面孔是如此微小，以至于宇宙自身也在笑。

　　这个时候就不管什么人类尊严了。这个时候只适合谨慎奉行星辰背后的礼仪。我一本正经地摆好我的前爪，小狐狸兴奋得止不住开始呜咽。我把鼻孔凑到狐狸的巢穴口，深吸了一口气。心血来潮，我笨拙地捡起了一根颜色看起来更浅的骨头，用我那尚未忘记其初始作用的牙咬着，也像它那样摇头晃脑。我们俩就这样亢奋地转了一会圈圈。在这堆骨头中间，我们是天真的动物，从卵里出生，在巢穴里出生，在暗黑的洞穴里出生，伴随着触手可及的石斧，最终，以人类的形态出生，在挂着来福枪的房间里孤单地长大。

但是我已经目睹了我的奇迹。我已经看到了宇宙如何生发出万事万物。事实上，它是孩子的宇宙，是一个微小的、欢笑的宇宙。我把小狐狸翻了个身，然后就开始奔跑，名副其实地向着最近的山峰奔跑。半个太阳已经越出了海面，世界正在回归正轨。狐狸的父母马上就要回家了。

跑了一段路之后，我在一个山岭上果真遇到了一只狐狸，它知道我没拿枪，因此与我擦肩而过，它灵巧地在草丛中走过，脑袋高高抬起。它面带警惕，但回避与我目光接触。这没关系。我早已习惯了这样的遭遇，狐狸也习惯了这样的遭遇，在成人社会里我们都习惯了这样的遭遇。我们小心翼翼地彼此路过，走进各自的清晨，目光没有交会。

但是对我而言，雾气已经降临。清晨的阳光下，我已经遇到两只竖起来的闪着光的耳朵。我终于理解了病床上的父亲弥留之际的微笑。在死亡的煎熬下，他也在努力地为后事做准备。那双手是他的玩具，且像其他心爱的玩具一样，终究需要被丢弃。这是有意义的，同时它又是无意义的，死亡的煎熬正在于此。

意义从一开始就在那里了，仿佛时间出岔了。这个小小的美丽的意义不会停留。60岁的父亲，穿越了宇宙尽头的黑暗，在医院的病床上短暂地体会到了它。这个世界的本质里包含了某种绝望，我们必须反抗，但他已经病得太重了，无法再告诉我，于是他无奈地垂下了双手。

40 年之后，当雾气终于触摸到了我的面颊，我已到了父亲去世的年龄。我想，我可以放心地说，我见证了我的奇迹。它其实非常小，但这正是伟大的事情的呈现方式。有那么大约 5 分钟的空隙，我有幸纠正了时间的流向——不是每个人都能享受到这种馈赠。如果我必须要为这次遭遇做一份书面报告，我要说，每个人必须找到自己的方式，逆转时间轴的方向。毫无疑问，在物理世界里这是不可能的，但是在回忆之中、在意志之中，只要我们尝试，就有可能实现这个目标。

就是那么简单地坐在一个狐狸的巢穴前，摆弄着一根鸡骨头，我竟然让宇宙法则失效了一小会儿。这是我所做过的最为重大、最富意义的行为，但是，正如梭罗曾经对自己某次特别的差事所作的评论：这大可不必报告给皇家学会的科学同侪了。

第十章
最后的尼安德特人

> 因为你必与田间的石头立约，田里的野兽也必
> 与你和好。
>
> ——约伯记 5：23

在科学界，特别是演化生物学领域，很长一段时间一直流传着这个思想：大自然的创造物从一种形态缓慢地过渡到另一种形态，换言之，自然界无飞跃。然而，简单的观察会发现，日落之后，沙漠中有些岩石会继续释放一会儿光和热。类似的状况也常常出现在作家和科学家身上。在富有创造力的个体那里，神秘的射线汇聚到一起，然后再反射出去。当然，这个过程可能不是即刻完成的，而是会持续数年。不妨沉思一下这个事实：感受细胞与神经元组成了一个复杂难解、层层相连的网络，其中缓慢进行着氧化反应——梦想和记忆中的几何图案竟然都是由此而来。更令人惊奇的

是，从大脑这个器官里会散发出如此截然不同的内容，这跟"自然界无飞越"的信条何其相悖！

同样一件事，有人可能视为简单的事实，有人却能从中窥探到宇宙难以捉摸的本性，原始人可能认为是有用的迷信，诸如此类，不一而足。根本区别在于观察事物的头脑，因为头脑会对观察的对象投下阴影或者光亮。作为一个观察者，我打算认真研究一下单单属于我的象形文字。

这件事，发生在多年之前的一个海滩上。海滩位于荷属安的列斯的库拉索岛，有一艘货船曾在此失事，残骸历历在目。似乎只有寂寞之人才会来这里徘徊。几只鹈鹕不自在地栖息在锈迹斑斑的船首残骸上。满是垃圾的海滩尽头，在港口之外，我看见一只被包裹在粗麻布里的死狗，显然是在海葬之后，被波浪送到了这里。它的皮肉几乎都不见了，但余下的骨架依旧完整，一只精巧的前爪优雅地伸展着——似乎只是睡着了，随时可能会苏醒，并从它所躺着的海边礁石上走出来。它的脖颈上有一条黑色的项圈，已经被水浸透了，可见它之前是有主人的。这是一条杂种狗，之前很可能与岛上的渔民一起生活。它可能只见过那些从委内瑞拉穿越海峡而来的饱经风浪的小船，它曾经在这样的海滩上嬉戏玩耍，最终，又被冷漠的海洋送回了这里。

死亡的气味使我退开了一点，但我还是不情愿地停了下

来。在这个满是易拉罐、旧瓶子和破烂衣服的海湾，为什么我会难以拒绝观察一条死狗？我甚至感到，不观察它是一种大不敬——为什么会这样？我后来终于明白，这是因为，这个破旧的粗麻布里裹着的小东西曾经生活过。这个活生生的海洋上的景象，再也不会重现，但它却从那些已然消逝的眼睛里流过。那只狗还年轻，颌骨里的牙齿依然完好。它曾经也是那种招人喜爱的生物，在人们的膝下欢快地嬉戏，并协力参与主人的事务。

有人草草地给它准备了海葬，但过于潦草，以致最终它还是横尸野外，和其他被丢弃的物件为伍。尽管如此，巨大的自然之力还是介入了，为它包裹上了一丝可怜的尊严。海浪在夜里平静地把它送来，将所剩的尸骨安置在了礁石上。此刻，迎着日出，我于是得以看见它，但是，它再也看不到这样的日出了。因为这些碍事的礁石，即便我有一把铁锹，也无法埋葬它。它必须等到下一次涨潮将其悄悄带走，或者送到更高的地方，与珊瑚和海螺一起被漂白，骨骼变成更小的颗粒，与岸上所有其他生物的残骸混杂到一起。

当我朝着海岸后面的山区走去的时候，在砂砾和半荒漠的植被中间，我模模糊糊地看到了蜥蜴爬行的痕迹。在荒漠地带，蜥蜴很常见，以至于它们在阳光下迅速移动的时候会留下令人眩晕的印象，就像一个亮斑在你眼前起舞。这种小生物有一种独特的向侧边运动的方式，就像一些无关紧要的念头，还没等你充分理解就倏忽而过。在这个本该万籁俱寂的地方，任何物体轻微的移动都会对人的视线造成压迫。类似飞逝的斑点也入侵了我的头脑。在海边，我能听到海水的喘气，以及经过珊瑚的罅隙时长长的叹息。赤道上的骄阳炙烤着我没有任何防护的脑袋，蜂鸟在灌木丛间飞舞，仿佛绿色的火光。我赶紧躲到树下乘凉——那是一棵曼萨尼约树（又叫毒番石榴），它的毒苹果曾经诱惑过哥伦比亚的水手。

我推测，是这些苹果引起了我的这些联想。或者，是当我经过堆在篱笆附近的纸盒时，这些蜥蜴移动时发出的沙沙声让我想到了这些。再或者，可能是头顶的骄阳，将炽热撒向生命，而不在乎它的后果。无论如何，当我在这些有毒的树下乘凉的时候，那些飞逝的斑点开始汇聚到一起，呈现出

某种图形。

在我面前，一匹年老衰弱的马正拉着一驾马车驶过，车上装着一袋袋淘汰的衣服、不要的家具和扔掉的金属制品。马身上的系带也是由皮带和绳子拼凑出来的。车夫一脸络腮胡，高坐在前座上，看起来他好像被车厢里那堆凌乱的垃圾弄得更为狼狈。不过，最终占据我注意力的，是一个街道和年份的标志牌——随着蜥蜴敏捷的一跃，那个年份突然变得清晰起来。这是 1923 年，"R 街"。

现在，车夫已死，他的货物散作一团，再也没法拼到一起。拉车子的马，也逃不过一匹废品车夫的马所面临的命运。1923 年的那一天之所以格外重要，仅仅是因为：当 16 岁的我像青春期的少年突然发现时间那样陷入沉思，倚着高中学校的窗口向外张望时，那辆马车正从 R 街与十四街之间驶过。一切都在流动，带着青年人与历史对峙的那种苦闷

　　　　　　　　　　　奇异的宇宙

的绝望，我这样想过。没有人能留住我们。我们每个人，我们所有人，都在驶入黑暗。即使在活着的时候，我们也无法记住生活中哪怕一半的事情。

在那个时刻，我的眼睛望见了那位拉废品的车夫，他正在驶过不可避免的角落。现在，我马上意识到，除了他，那个无足轻重的时刻变得不朽了。他成了一个象征，象征着所有已经消逝的和正在消逝的。他正在跨越十字路口，进入虚无。脑海里出现了一个声音，"牢牢地记住他"。

跃起的蜥蜴跳过了曼萨尼约树，它的斑点开始汇聚到一起，变得更为致密。那匹幽灵之马以及凌乱的废品车，仍然颠簸着经过 R 街的路口。它们从未越过那个路口；它们永远不会越过。45 年过去了。头脑中潜伏的力量果然没错：这个过程还在继续着。

我靠着一只眼睛推测斜阳的角度，与此同时，脑海里的蜥蜴还在继续爬行，发出沙沙的声音。曼萨尼约树上饱满的果实，让我想起了远在内布拉斯加的一颗微不足道的野梅子树。它们的果实都是不能吃的，但是它们与我们的头脑隐藏着同样的奥秘——也许它们的奥秘略简单一些。这个无生命的宇宙在我们四周趋于热寂，它们却在积累并散发出能量。

"我们必须认定，生物体，作为一种组织结构，努力在摆脱宇宙中熵增的趋势"，地质学家约翰·乔利曾如是评论道。与灌木丛中的野火不同，生命燃烧得可谓狡猾，而且在囤积着自己的资源。种子里积聚的能量抵御了个体的死亡。在这个宇宙诸多奇异的特征之中，动植物代谢所体现出的有序的组织力，是其中最为令人惊叹的一个。但是，像每天出现的大多数奇迹一样，它们在我们眼里是理所当然的。当这种组织力发展到了顶峰——人类的心智，我们却好像彻底忘了这件事。但是，整个历史就是由此而来——R 街上的收购废品的马夫被留了下来，没有离开。时光流逝，周围不断有新房子建起来，但这个幽灵却一直停留在 R 街路口，愈发古老。除非我自己的心智开始坍塌，否则他永远不会被释放。

但我没有权力释放他。他之所以成为幽灵，是因为很久之前我决意记住这段微小的历史，把它存留在我的大脑里。这个大脑，与身体的其他部分一样，等比例地消耗氧气。在它燃烧的过程中，它参与了意象的唤醒与位移，无论这些意象是关于蜥蜴的尾巴、海里的字母，或是星际空间。虽然肉眼看不到这个燃烧的过程，但自然认为它极其重要——假如有人因饥饿而死，那么身体一定先被耗尽，最后才是大脑——它是地球秋日的烟雾。这都是奇异的大自然的一部分。

在物理实验室的理性的宇宙中，人们也许没有预料到这种阴沉的、倔强的燃烧，但我们早就习以为常、见怪不怪了。尽管如此，它还在这里，而且人类是它最为显著的体现。或许有人会问，如果我们可以沿着演化的路径亲自走两步，是否能更好地理解人类，哪怕只是进步一点点？假如世上还存活着……且慢，容我先讲一个故事，你再做定夺。

2

在我接下来要讲述的经历发生多年之后，我在一个解剖室遇到了一个新近发现的尼安德特人的颅骨——这是一次足够罕见的事件，那些在远处飞舞的、被遗忘的基因偶尔试图重现它，就好像生命有时犹豫了一下，并倾向于原路返回。这让我想起了自己青春期的一段插曲，因为这样，我一度随身保存着这个颅骨的测量数据。

今天，回想起这段经历，我试着翻出以前的笔记本，却再也找不到它了。它不见了。对于那些不被文件保存的事物，岁月自有它的看护方式。不过，在此之前发生的事件仍然历历在目，因为它并非某种测量数据或者人类学指标，而是一个我曾经认识的活生生的人。现在，在我的中年，那个女孩的面孔，以及当年在她的街区逗留的奇怪季节，再次浮现在我的面前——不过，这个教训，年轻的我还无法明白。

这件事发生在美国西部，在那片开阔的干旱之地的某处，空荡荡的熔岩流曾携带着落基山上的洪水奔涌入海。我猜想，由于人口的急剧外流，那片地方现在恐怕跟四十多年前一样荒凉。在地图上寻找它是徒劳的，虽然我曾试过。在最初的考古人员发掘过之后，经历了太久远的时间，也间隔了太多未知的路途。在路线图上，也找不到可以标记位置的村落。那里只有一个可怜巴巴的小房子，蜷缩在一个小方山的后面，这样才不会被大风吹散。在那片绿油油的草坪之上，还有一个泉水汇成的小池塘——这就是我所记得的全部。

考古其实不是一个非常浪漫的职业。你要日复一日地走过鲜有收获的荒地。没错，人会变得更黝黑，更精瘦，更能吃苦耐劳，但是你也远离了人烟，你的期望，除了挖出一票大的，比如一只猛犸象，总是离开营地，继续前行。就那些做野外采集工作的人而言，这其实是一个吉卜赛人的职业。

但是这次，我们并没有继续前行。附近有一个正在被风蚀的小山丘，在山丘之上，草皮之下，是一些腿骨，上百根腿骨，它们来自某种已经灭绝的第三纪的美洲犀牛。或许会有人问，为什么我们发现的都是腿骨，或者为什么我们要收集这么多化石，它们想必都堆在某个博物馆的储藏间里了吧？然而这些问题没有任何意义。或许这些生物一度齐聚在水坑里，数百万年之后，其余的骨骼随着山丘顶部岩石被风蚀殆尽。但是，这些腿骨就在这里，而且命令传达了下来，于是我们挖出了一个又一个大大小小的腕骨，直到我们也烦得咒骂起来，就好像我们是前线的士兵，却被后方的总部遗忘了那样。

那里只有一个消遣：那个泉水，和草地上的池塘。我们从当地居民那里购买牛奶和黄油，放在岸边冷却。一天的工作结束之后，我们在那里游泳、戏水。当地居民较为保守，基本不与我们打交道。他们对山顶的骨头毫无兴趣，不管那里堆着的是骸骨还是宝藏。毕竟，他们的谨慎是有理由的。以当地人的标准来看，我们这些人没什么危害，只是脑子不太好使。这层谨慎的隔膜从未被打破。那些横眉怒目的农夫守着干枯的地，盘算着我们对那个无法种植作物的山顶的破坏能给他什么好处。邋遢的妻子照看着几只瘦骨嶙峋的鸡。在那个多风之地，风车似乎自顾自地在转。

只有一个女孩子会偶尔光顾我们的营地，来送鸡蛋。她20来岁，长得颇为壮硕，但光脚走路时显出几分犹豫。就这样，60多天过去了。我开始回忆起一位考古前辈的评论，他曾经挖掘过金海岸和非洲草原。有一次，面对着美洲锯齿状山岭上的野火，他说："当棉布开始看起来像丝绸的时候，我们就该回家了。"

但我们先就此打住。我们并非一群不良少年。那个女孩子羞涩地给我们送来鸡蛋、黄油、培根，然后悄悄地离去。过了一阵子，我才留意到她的相貌有几分奇怪。对于世界各地人们的肤色差异，我们早就习以为常了。不过，当过去的历史闯入一个现代的场景，它往往并不容易被辨认出来，因为这要求你得知道过去的历史，而当过去穿上现在的外衣的时候，它总会伪装得很好。

一个傍晚，那个女孩又沿着山坡缓缓地走下来，我突然意识到，她看起来多么孤单，而且，她看起来如此像个异乡人。我们的厨子开始燃起篝火，在火光的映照下，人影幢幢，我倚着一块大石头，一下子穿越到了 10 万年之前。或许是因为同样的篝火，有人在围着它起舞，同样的人影幢幢。当前的景象一扫而空，过去的历史重现在眼前。那个女孩，沿着山坡缓步走近篝火，她跟我们不属于同一个时代。在她的潜意识里，她也知道这一点，就像我也知道一样。按照现代的眼光，她算不上美丽，而且她还穿着一件格子棉布裙，让人一眼就看出来她与众不同。

矮小、壮硕，她的身体还不完全是普通农妇的样子。她的额头看起来略微有点向前凸起，骨骼的轮廓明显。在头骨两侧，眼眶的沿线之上，借着火光，我能看出一个隆起——在早期人类身上，特别是女性身上，这个隆起在武木冰期之前就消失了。她摇头的样子就好像一匹马摆动着鬃毛下的鼻头。令我吃惊的是，她的背上有一个状如包子的低矮的凸起。从她露出的手臂上，我看到了一簇金色的毛发。

不，我马上意识到，我们搞错时间了，我们这里的每一个人都有些不合时宜。她是最后一位尼安德特人，而且她不知道该怎么办。多年之前，是我们淘汰了她。这就像是古老的场景在永恒轮回，在这个画面中，唯一缺少的是新磨制的石器和刚捕获的猎物。

然后，我从阴影里走了出来，轻声地跟她交谈，接过了她送的东西。隔着无限久远的时间，一个人最多也只能做到这样了。但她讲的话几乎听不清楚，与此同时，她光着脚丫不由自主地在地上画圈。透过她薄薄的外套，我看到了她健壮的大腿，她对生育与配偶的渴望是如此强烈，却在这荒凉孤僻的地带无从释放。她抬头看了看，在火光的捉弄下，她深陷的眼眶更加明显，以至于我只看到了其中的黑暗。我陪着她在山坡上走了一小段路。她终于鼓起勇气问道，"你们在挖什么呢？"

　　"一些很老的东西，"我缓缓说道，"跟很久之前发生的事情有关。"

　　她听起来并不感兴趣，正如在创世之初人们的感受那样。

　　"你喜欢这样吗，"她不依不饶，"你总是这样到处挖东西吗？谁付钱给你呢？最后会得到什么结果？你有家吗？"在远处，朦朦胧胧地可以看到她父亲魁梧的身影。我停了下来，但是跨越了几百年的这些问题的确难以回答。

　　"我是一个学生。"我说，但毫无底气。我怎么可以突然说，她本人，以及她前臂的尺骨和金发都来自久远的过去？

　　"我们已经挖掘出的和将要挖掘出的东西，恐怕不会帮助我安家。"我说，与其是在回答她，不如说更多的是说给我自己听。"事实上，恰恰相反，你看——"

在她蓬乱的头发下，黑黑的眼窝似乎空洞得带些悲伤。"谢谢你给我们送来这些东西。"我按照这片土地的习俗，向她表示感谢。"你的父亲正在等你。我现在要回到营地去了。"说完，我就大步走回篝火旁，但突然一时冲动，我多走了几步，迈入了星光满天的夜晚。

在野猫崖沿线，这是事物的存在方式。沙丘被吹拂的方式，以及过去与现在交融的方式，要比职业科学选择看到的，要多得多。这里有一些退化了的农场，不再供养牲畜，和一批日渐稀少的人群在等待着，正如这个女孩在等待着，等待着某种他们从未拥有且无法拥有的东西。他们是失去了猎物的猎人，失去了武士的妇人，虽然他们自己还没有意识到这一点。他们的生活方式即将作古。

但是，那个女孩身上残留这一丝好奇的温柔，我们现在知道，多年之前，这种温柔曾经感动过与她神似的尼安德特人——今天，他们都已经消失了。她无法摆脱命运的安排：终有一天，她会与一个不懂文字、态度冷漠的高地人结婚，嫁给我们的一个同类。她身上所再次浮现的尼安德特人的基因，又将重新被埋葬，隐藏在我们称为"智人"的物种里。也许最终，他的最后一个女人会在那个更凶猛、更聪明的他自己面前显得不受待见。若真如此，也算实现了正义。我已经在幽深的空间里走得太远了，回来的时候，篝火早已成为余烬。

秋去冬来。终于有一天，营地的峭壁之上，树木开始回应季节变换的呼唤。我已经尽我所能复述了一遍这段如此脆弱的插曲。在几周之内，我做了一些依依不舍、晦涩难解的交流。从发掘地的山坡之上，我朝她挥过几次手。当我们离开的日子渐渐来临，有一次我们这群年轻人赤裸着身子在泉水里嬉戏、打闹，我瞥到她从池塘的另一边羞涩地向我们张望。然后，突然有一天，树叶开始变黄、落下。是时候离开了。我们终于挖完了所有化石和一个又一个的趾骨。

但是，就在水塘边，一种从未预料到的思绪出现在我的脑海——一种难以释怀的、终生难忘的怀旧之情，那是一种私人的感情，同时在另一个意义上，又超越了私人的感情。该怎么说呢？那是一种耐力，在一个头脑里同时容下了人类攀爬能量阶梯的两个阶段，这可能既是他的胜利，也是他的毁灭。

我们把老旧的仪器装到了福特 T 型车上，在当时，这是唯一可以开进泥泞的高地山路的机动车。大家深情道别，在坑坑洼洼的山坡顶上，人们完成了现金交易。成百个曾经驰骋原野的犀牛腿骨，被安全地运走了。就这样结束了。我站着货箱旁边，缓缓地抬起眼睛，打量着这个巨大的、远古的，同时也是不无悲剧的高贵的头颅——这个生物是如此古老，她根本不知道自己代表了悲剧。我用自己的方式，做了一个告别的姿势。她会意地点了下头。引擎发动了。智人们，吞噬能量的家伙们，再次上路了。

她说的是什么呢，坐在摇摇晃晃的车上，我绝望地回想。家，她问过，"你有家吗？"或许我曾经有过，在那之后的许多年里，我不止一次地想到，但是，我在精神上也是返祖的。我，就像那个失踪了的生物，再也找不到一个可以叫作家的地方了。家，已经遗失在过去了，走过了这几十万年里的旅程，我们再也回不到过去了。只有幽灵，带着飘忽的眼睛、局促的身影，才会在那里相遇。依靠着如波涛般涌起的力量，以及在死亡的洞穴中点燃的篝火，人类纵身跃入了一个自由的未来，冰川时代的古人从不了解的未来。

最初那个细胞，偶然掌握了控制能量的奥秘，学会了为着一个特定的目的悄悄地燃烧。现在，这个细胞终于产生出了心智，而心智也在洞穴口学会了审慎地控制偶然降临的火。那个尼安德特女孩无论如何也想象不到，口口相传的文字或者图书馆里的书籍，会让物质消失，让地球颤抖。原本要在每个个体死亡时消散的点滴能量，被编码进入文字，在世代传承之中逐渐积累，这是人类创造力的秘密。那个不可阻挡的强大之力，日益兴盛，从一个胜利走向另一个胜利。

它似乎要挣脱人类和所有语言的掌控。它更像人类，同时也更不像人类。

我还记得那些深陷的眼窝，在火光中的我永远无法触及它的深度。它们是否已经预兆了我们的结局，还是说，只是因为我太年轻，还在渴求那些无法触及之物？我再一次尝试寻找以前做的笔记，但是，再次无功而返。它们最多也只能告诉我，目前还活着的幽灵跟过去的幽灵相比，在解剖学上有何异同。它们不会说起落叶飘零的那个季节，也不会谈到，我是如何在那个夜晚认识到人类已经无家可归。

3

我曾经见过，一节树根把山上的岩石夹碎，或者把一个废弃城市的城门逐渐扭开。这是非常了不起的成就，虽然我们往往视若无睹。生命，不同于无生命之物，会迂回曲折地绕过荒芜之地。即使是一节树根，也保留了那种孤注一掷的意志。它采取的躲避策略，丝毫不亚于一个军队：它日拱一卒，缓缓地透过裂缝；它韬光养晦，暗暗地积蓄能量，直到有一天，从沉重的陵墓中长出一棵参天大树。这种隐秘的搏斗只是冰山一角，实际上，生物终其一生都在跟热力学第二定律斗争，跟这个常常被认为是统治着宇宙的热寂斗争。在人类身上，这份积蓄的能量却有不同的表现形式，无论是能量的采集还是消耗，方式都有点独特。

在过去的几十万年，在比我们有记录的历史还要长远的时间里，那幽灵女孩的近亲，尼安德特人，曾经在今天靠着意大利的地中海沿岸或者在北方冰川的触角之下，繁衍生息，虽然他们没有聚集成城市的模样。从发掘出的头骨化石，我们发现，他们的颅骨容积跟我们的一样大。经过多年的探索，我们现在知道，尼安德特人也有他们自己小小的梦想和友好。他们也为死者献上陪葬品——甚至有证据表明，有些死者被安置在铺满野花的床上。除了打磨的石器和黑暗洞穴里的火焰，他们的心智没有像我们那样参与后续发生的事情——第一批弓箭手、伟大的艺术家、他们那些永远不消停的同胞所做的事情。

这段飘零的秋季时光，或许会一直持续下去。后来发生了什么？是他那浓浓的眉毛在寒夜里发生了变化，还是他们后代的一支跟其他部落发生了"掉包"，结果养大了其他人的孩子？我们今天也没有定论。我们唯一知道的是，尼安德特人消失了，尽管有时候，这些远古的基因偶尔还是会在我们智人的重重包围下挣扎着冒出来，比如我在高地上遇到的那个女孩。

但是打磨的石器已经不见了，那个身材粗壮、面带忧伤的女孩也怀上了入侵者的孩子。过往的洞穴被雨水冲刷，被落叶铺满。青铜器取代了石器，铁又取代了青铜，然而杀戮从未止息。尼安德特人渐渐被淡忘；他们的洞穴被日后兴起的宗教当成了神殿。地中海沿岸，一片大理石城堡熠熠闪光。冰川和洞熊都消失了。身披白袍的哲学家在雅典交谈。古罗马的战船在海上游弋。农业带来了繁荣，劳动开始分工，同时也带来了职业化的士兵。军队的阵容越来越大，随之而来的，是奴隶制、征战，以及许多水域上的人员死亡。

在多个世纪里，人所积蓄的能量日渐高涨。最初的火把，仅够人从一个营地走到另一个营地；到了 18 世纪，已经足够库克船长从澳大利亚的海岸窥探到那个严酷、未知的大陆——南极洲了。额头高耸的士兵，虽然接受了日渐狂热的宗教信仰和宏大的艺术，却在某一天开始怀疑，他们的头脑是否有一个创造者。

古代雅典人一度高谈阔论的那些事情，那些毁在了亚历山大的铁骑之下的事情，再次悄悄地冒了出来。在 17 世纪初，弗兰西斯·培根爵士声称："借助人的主观能动性，一种新的事物，一个新的宇宙，将会呈现在眼前。"靠着这些论断，他为所谓的"新世界"奠定了根基——单单凭借人类心智的力量，就能从大自然中再造出一个新世界。当然，自从人类开始说话，不知不觉地就已经开始这项工程了。不过，培根梦想的，是一个充满了新发明、新创造的世界，是人类彼此容忍的新世界，是摆脱了非理性习俗的新世界。培根本人也是吹响科学方法号角的先驱之一。不过，科学方法也需要历史——多年之前，我还是一个年轻学生的时候，从废品回收马车上象征性地所瞥见的那种历史。不了解过去，未来之路就会迷惘，乃至绝望。

现在，培根所谓的新世界与我们如此休戚相关，以至于动摇了我们对旧世界的认识——它本来是怎样的，现在是怎样的，在何种意义上可以被修复。某个人大脑新皮层里出现一个数学公式，可能会毁灭地球。这种代谢能力，是那些栖息于石头表面的地衣，或者洞穴里摇曳的篝火旁的原始人所无法想象的。但是，正是从这些远古的前辈身上，人类才延续了这样的渴望。我们可以在大自然的生命世界里看到它的潜力，正如它的错综复杂来自于人类所想象出的新世界。

在这个星球上，这两个世界愈发失衡。其中一个终将消退，或这样，或那样，或者归于可怕的虚无。人类渴求的已经远远不只是食物，而是赤裸裸的权力；他们也没有意识到，最初用来维系物种生存斗争的那种能量，已经通过他们的心智进入了一个新的维度。但即便是在新的维度里，历史的巨大阴影依旧在抗衡；毕竟，生命就是一团燃烧的能量。

在上文，我谈到了野梅子灌木丛，这是因为多年前，我年轻的时候遇见过它。那是一个秋天，梅子积攒了一夏天的果汁，颗颗饱满，此刻都落在了草地上。这棵植物，带着身上众多的引擎，一整个夏天都在进行光合作用，辛辛苦苦地储存着糖分和汁液。它结出了带种子的果子；鸟儿吃了梅子，同时把种子带到了更远的地方，那里又会长出新的梅子树。在那个秋季的午后，这种能量的散播是如此美好，以至于地球似乎都急切地想加速这个过程，以免"肥水"流到了其他星球。我自己也不例外，一边品尝着可口的水果，一边由着我动物的本能把其中一些囤积在了思绪和记忆里。

在完成安的列斯之旅的多年之后，有一年秋天，我偶然再次拜访了那棵野梅子树。比起上次来，我更老了，而且老了不少。之所以故地重游，很大程度上是因为我还想看看那棵树，不知它还在不在；另外，它这种囤积能量、消耗能量的奇特生命本质，依然让我感到困惑难解。我曾用火焰来比喻动物，也许，火焰恰恰代表了动物的本质。想想看，生命和意识，不都是依赖于氧化还原反应么？

火焰，我们现在终于领悟到，有一种无法止息的渴望，想要继续燃烧。这是一团无生命的原力，甚至可以自发移动。假如说——我眯着眼睛望着蓝色的梅子，看着烟雾从烟囱里冒出来——假如说，这团火焰把自己隐藏了起来，并且狡黠地意识到了自己在燃烧，就在我所居住的这间小茅草屋

　　　　　　　　　　　　　　　奇异的宇宙

里燃烧，那会怎么样？假如说，我自己，在某种意义上，也只是一团复杂的火焰——一团学会了控制自己燃烧速率，同时积攒能量以便观察和行走的火焰，那会怎么样呢？

那些梅子，就像是从子虚之乡送给乌有之人的礼物，在我身边纷纷落下。我瞥了一眼手掌上的血管，突然意识到，我已经老了，剩下的能量不多了，必须把余烬攒下来。我想起了收集废品的马车和马，试着将他们放开，这样他们就可以离开了。

也许我终于成功了。我不知道。我还记得多年前，在悬崖边上，那个星光灿烂的夜晚，还有那个笨拙的、爱做梦的女孩，在地面上画着圆。也许她画的正是时间本身，因为我的脑袋越来越沉，秋季田野上的烟雾似乎渗进了我的脑子。我终于想把积攒了多年的这些记忆倾倒出去了。我想把它们散播开，就像那棵野梅子树那样，用一种爱的姿态把果子散播给宇宙，散播到一地的叶子上。富有，但不囤积，只是要躺下，等候着某个人，任何人，不再被苦苦地背负着、惦记着，如同库拉索海滩上永久躺着的那只死狗。

我向后仰下，靠在落叶上。这是一种前所未有的感觉，一种令人意外的抚慰。也许，我不再是智人了；也许，那个女孩，那个最后的尼安德特人，从一开始就知道这些。也许，我只是一堆秋天的落叶，从自己燃烧出的烟雾中看到了鬼魂。这个星球上的东西变得更加奇怪了，而不是更加正常。最终，我躺平了，透过树枝直视太阳。我感到一切都在流动，记忆在独一无二的日光的照射下融化，缓缓流淌。我就这么躺了一会儿，然后突然摸到口袋里的一把燧石刀，这是我从悬崖边的一个碎石堆里捡到的，随身带了很多年了。它让我想起了一个没完成的旅程，以及，那个我绕着跋涉了许久的尘土里的圆。

于是我起身，吃了一颗梅子，味道略有点苦，我一瘸一拐地沿着山坡走下去。10万年不算什么——起码对我是如此。秘诀在于，永远走在旧世界里，而不是新世界里，或至少，在两个世界交错的十字路口，不要将两者混淆了。我继续走着，紧紧握住口袋里的燧石刀，如同握住拐杖。烟囱中升起来一团蓝色的烟雾，好像某种告别仪式，它飘到了我的面前。我能感受到它的热度。我止不住地咳嗽，眼眶也湿了。随着烟雾涡旋，我尽最大努力与它保持着同步。身后传来噼噼啪啪的声音，仿佛我自己也着火了，但实际上，是我在追随着烟雾。我握着那把燧石刀，就像是一个探矿的人握着树枝。燧石刀冰冷，稳稳地握在我手中。

作者致谢

本书三个章节最初在斯坦福大学威廉·汉斯讲座讲过，我要感谢他们的资助。1967 年，我访问了威斯康星大学人文学科研究所，对那里的诸位同事深表感谢。同时，感谢在访问孟宁格基金会时结交的朋友。感谢古根海姆基金会，特别是前主任亨利·艾伦·莫的耐心和信任。最后，我要感谢《时代生活丛书》的编辑，允许我重印已发表的部分篇章，并做一些修正；感谢《美国学者》和《生活》杂志，本书的部分内容曾在那里发表过。

洛伦·艾斯利
1969 年 3 月 3 日

图书在版编目（CIP）数据

奇异的宇宙 / （美）洛伦·艾斯利著；傅贺译；薛斯予插画. — 长沙：湖南科学技术
出版社，2023.4
书名原文：The Unexpected Universe
ISBN 978-7-5710-2030-9

Ⅰ.①奇…　Ⅱ.①洛…②傅…③薛…　Ⅲ.①散文集—美国—现代　Ⅳ.① I712.65

中国国家版本馆 CIP 数据核字〔2023〕第 019929 号

QIYI DE YUZHOU
奇异的宇宙

著者	印刷
[美] 洛伦·艾斯利	长沙鸿和印务有限公司
译者	厂址
傅贺	长沙市望城区普瑞西路858号
插画	邮编
薛斯予	410200
出版人	版次
潘晓山	2023 年 4 月第 1 版
策划编辑	印次
孙桂均　李蓓	2023 年 4 月第 1 次印刷
责任编辑	开本
吴诗	880mm×1230mm　1/32
出版发行	印张
湖南科学技术出版社	8.125
社址	字数
长沙市芙蓉中路一段 416 号	140 千字
泊富国际金融中心	书号
网址	ISBN 978-7-5710-2030-9
http://www.hnstp.com	定价
湖南科学技术出版社	59.00 元
天猫旗舰店网址	（版权所有·翻印必究）
http://hnkjcbs.tmall.com